Phase 7

-

Der Schöpfermythos

Von John D. Sikavica

<u>Buchbeschreibung:</u>

Dieser Kurzroman ist nicht nur für Freunde des Genres Science-Fiction, Präastronautik oder der Grenzwissenschaften zu empfehlen, sondern durch seine übersichtliche Länge auch für Leser/innen die gerne etwas Neues entdecken. Sie halten hier die überarbeitete Version incl. neuem Cover in Händen.

<u>Über den Autor:</u>

John D. Sikavica lebt auf der Schwäbischen Alb und arbeitet hauptberuflich am Stuttgarter Flughafen. Mit "Phase 7 - Der Schöpfermythos" gab er sein Debut als Autor.

Phase 7

-

Der Schöpfermythos

von John D. Sikavica

2. Auflage, 2021
© 2017 John D. Sikavica
Umschlaggestaltung/Cover: Giusy Ame /
Magicalcover.de
Bildquelle: Depositphotos

Herstellung und Verlag:
BoD - Books on Demand, Norderstedt
ISBN: 9783753464299
www.facebook.com/JohnD.Sikavica
www.instagram.com/john.d.sikavica.autor/

Bibliografische Information der Deutschen Nationalbibliothek: Die Deutsche Nationalbibliothek verzeichnet diese Publikation in der Deutschen Nationalbibliografie; detaillierte bibliografische Daten sind im Internet über dnb.dnb.de abrufbar.

- Prolog -

Am 13. Dezember 1997 verfolgte ein Amateurfunker auf der kroatischen Insel Pag ein Polizeigespräch. Was er zu hören bekam, ließ ihn erschaudern.

»…sag mir, hinterließ es so eine Art Schweif hinter sich, solange es sich bewegte?«, fragte der erste Polizist.

»Ja, aber auf die Art und Weise als würde man Glut verstreuen.«

»Das haben wir heute gegen 5-6 Uhr auch gesehen, als wir am Standort Vikica waren, aber es war gelb.«

»Das bedeutet also, dass es sich heute schon mehrmals ereignet hat. Als wir es beobachteten, war es in der Nähe des Mondes zu sehen, als es hinabzugleiten begann.«

»Ja, ja, ja. Es besteht aus einem starken Leuchten, welches sich ständig verändert, von einem dunklen Gelb in ein stark-leuchtendes Rot, es gleitet hinab Richtung Erde.«

»Das bedeutet: Ihr seht es noch von da oben?«

»Ja, von hier oben, vom Velebit aus, ist es deutlich zu erkennen«, antwortete er vom Gebirgsmassiv aus.

»Was glaubst Du? Was könnte das sein? Wie eine Feuerkugel schaut es aus, richtig?«

»Na, wie irgendeine glühende Masse.«

»Also von hier, von uns aus gesehen, weiß ich nicht, ob es sich noch mehr als zweihundert Meter über der Erdoberfläche befindet.«

»Es bewegt sich immer weiter nach unten. Dahinter erkenne ich das Blitzen eines Leuchtturms, könnte jetzt aber nicht sagen, auf welchem Inselchen er sich befindet, auf jeden Fall gleitet die Kugel weiter hinab Richtung Erdoberfläche.«

»Es wurde immer kleiner bis nur noch ein kleines grell-rot leuchtendes Kügelchen zu sehen war und jetzt schaut es so aus, als wäre es ins Meer gefallen, es ist verschwunden.«

»Ich bin zu hundert Prozent überzeugt, dass das Ding in unser territoriales Gewässer gefallen ist, es war absolut nah.«

»Also das Teil fiel herunter zwischen uns und der Insel Vir. Von, soll heißen… näher an Povljane dran«, sprach der Polizist, der sich auf der Insel Pag befand.

»Nein, nein ist es nicht. Es ist hinter Vir... zu hundert Prozent dahinter. Wir haben von hier oben aus ´ne bessere Übersicht. Wir können ganz Vir sehen, es ist dahinter«, widersprach der Polizist vom Gebirgsmassiv aus.

»Aber interessant ist: Als es fiel, warum nicht dauerhaft? Sondern... wir haben den ganzen Abschnitt verfolgt, während es hinunterglitt und plötzlich hielt es an.«

1

Stuttgart im Herbst 2015. Franz Schumacher lag, mit halbgeöffnetem, sabberndem Mund auf seiner abgenutzten, dunkelgrünen Couch. Schnarchend und alkoholisiert verbreitete er einen Mief in seinem kleinen Wohnzimmer, als befände sich eine tote, halbverfaulte Ratte darin. Doch vor seinem inneren, geistigen Auge sah er sich, zumindest in seiner Traumwelt, an einem wunderschönen, menschenleeren Sandstrand. Auf seinem ausgebreiteten Badetuch liegend, beobachtete er die Meeresvögel, wie sie mühelos über dem kristallklaren Wasser ihre Kreise zogen. Alles schien hier so friedlich, so ruhig, keine Spur irgendwelcher Alltagssorgen. Plötzlich meinte Franz von weitem ein leises Surren zu vernehmen. Irritiert erhob er leicht seinen Oberkörper vom Badetuch. Das Surren wurde langsam lauter und verschwand wieder. Ein Blick nach links. Nichts und niemand zu sehen. Nur Sand und das Meer. Plötzlich ein heftiges, lautes Klingeln. Direkt neben seinem rechten Ohr. Er schrak auf und richtete ruckartig seinen Blick nach rechts, erkannte auf einmal einen grinsenden, im Gesicht geschminkten Harlekin, welcher sich zu ihm hinunterbeugte und ihm ein rotes Waffeleis hinhielt. Franz zuckte zusammen, während der Harlekin ihm mit der anderen Hand eine kleine Glocke ans Ohr hielt, diese leicht schwenkte und mit krächzender Stimme zu sprechen begann: »Franz, ich kenne dich. Du kennst mich nicht. Stehe auf, das Läuten verkündet die neue Sicht.«

Des Harlekins Gesicht verzog sich zu einer grässlichen Fratze. Ein ununterbrochenes Klingeln durchdrang Schumachers Ohren. Der Mund des Clowns öffnete sich unnatürlich weit, als würde er den Zitternden mit einem Biss verschlingen wollen. Franz zuckte hoch und riss die Augen auf. Noch benommen vom Restalkohol vernahm er die Konturen seiner Möbel.

Schweißperlen benetzten seine Stirn. Der Traum war zu Ende. Gott sei Dank. Der Harlekin noch in verschwommener Erinnerung aber das Klingeln, das schmerzeinflößende Surren waren noch nicht verschwunden. Es durchdrang seinen kompletten Schädel, sodass er seine Handballen gegen die Schläfen drückte. Er versuchte, seine Gedanken zu ordnen. Erst als ein Hämmern, und dieses Klopfen aus Richtung Flur hinzukam, dämmerte es ihm. Jemand stand vor der Wohnungstür.

»Aah, verdammt noch mal«, keuchte er.

»Ich komm ja schon, ich komm ja schon. Hör auf zu klingeln«, schrie er nun energisch.

Auf seinem Wohnzimmertisch stand ein Topf mit Spaghettiresten drin, Tomatensauce in und um den Topf verteilt. Selbst auf seinem Unterhemd waren die Spuren seines Nachtmahls noch überdeutlich zu erkennen. Eine umgekippte Flasche Rotwein lag auf dem Boden und ein überquellender Aschenbecher stand, wie ein treuer Partner, daneben. Mit leichtem Linksdrall bemühte er sich in Richtung Tür. Es klingelte nicht mehr, doch pochte es erneut zweimal. Noch drei Schritte. Er sah den Schlüssel stecken. Noch zwei Schritte. Ein kurzer Blick in den Spiegel, welcher an der linken Wand hing. Franz kniff die Augen zusammen. Ein erbärmlicher Anblick. Schwarze Augenringe. Die Haare standen in sämtliche Himmelsrichtungen und sein Unterhemd glich einem verdreckten Lumpen.

Was soll's, dachte er.

Seit ungefähr drei Monaten hatte kein Bekannter oder Verwandter mehr vorbeigeschaut. Vor fünf

Monaten verlor er wie aus heiterem Himmel seinen Job als Pulverbeschichter. Auftragsmangel war die Begründung. Es würde ihnen sehr leidtun, aber Rationalisierung wäre der einzige Weg, die Firma am Leben zu erhalten. Man würde sich für seine Treue und gute Arbeit bedanken und würde ihm auf seinem weiteren Lebensweg alles Gute wünschen.

Danke!

Wie er nun seine Raten bezahlen sollte für einen Kredit in Höhe von 350.000, -€, den er aufnahm, um seiner damaligen Frau das langersehnte Eigenheim am Rande Stuttgarts zu kaufen, das konnte ihm die Chefin leider nicht mitteilen. Aber für alles gäbe es ja eine Lösung. Noch ein Schritt, und das Klopfen würde ein Ende nehmen. Genauso wie seine Ehe vor ungefähr einem Jahr, als sie ihm eröffnete, man hätte sich auseinandergelebt und es würde ihr nicht leicht fallen, sie habe sehr lange hin und her überlegt und abgewogen, sei aber zu der Erkenntnis gelangt, dass eine weitere gemeinsame Zukunft nicht das sei, was sie sich unter einem glücklichen Leben vorstelle. Ihn wollte sie nicht mehr, das Haus mit Sauna und Pool aber wäre eine faire Entschädigung für die

Mühe der letzten gemeinsamen Jahre. Dass Putzen und Waschen, Kochen und Talk-Shows schauen, so einträglich sein könnte, wusste er bis zur Scheidung nicht. Aber man lernt eben niemals aus. Die Tür war erreicht und Franz drehte den Hausschlüssel, drückte den Türgriff nach unten und öffnete den Eingang zu seiner angemieteten Zwei-Zimmer-Wohnung. Ein uniformierter Postbote mit schwarzgeränderter Brille und gegelten schwarz glänzenden Haaren blickte ihn an. Neben ihm lag auf dem grauen Fußboden ein circa sechzig Zentimeter großes, quadratisches Paket. Er streckte ihm diese moderne Apparatur entgegen, auf der man nicht mal in nüchterner Verfassung eine halbwegs lesbare Unterschrift zustande bringen konnte.

»Herr Schuhmacher? Ein Paket für Sie. Bitte kurz unterschreiben.«

»Ich hab nichts bestellt«, entgegnete Franz mürrisch.

»Sie müssen nichts bezahlen. Der Absender hat die Rechnung beglichen. Bitte unterschreiben Sie kurz, ich hab noch ́ne anstrengende Tour vor mir.«

Zwei Minuten später schaute Franz mit fragendem Blick auf das Paket, welches er erstmal auf seinem Küchentisch abgestellt hatte.

Der Paketlieferant verließ gerade das vierstöckige Wohnhaus und sprach in sein Headset: »Schumacher, Stuttgart, auf Empfang. Phase 1 kann beginnen.«

Ein kurzer Blick auf seine Armbanduhr.

»11.15 Uhr. Gehe zurück ins Hotel. Melde mich morgen aus Edinburgh, Schottland.«

Er nahm das Headset vom Kopf und verstaute es in seinem Rucksack. Ein zufriedenes, kurzes Lächeln huschte über sein Gesicht, als er sich zu seinem Hotel aufmachte, in dem für ihn vorsorglich ein Zimmer für eine Nacht gebucht worden war. Selbiges würde er heute Mittag noch verlassen.

2

Ian McGregor nahm die Teller und Tassen aus der Geschirrspülmaschine. Er hatte es sich angewöhnt, seiner Frau an freien Tagen im Haushalt zu helfen. Die Gäste, die sich in ihrem Bed & Breakfast einquartiert hatten, verließen nach dem Frühstück, voller Vorfreude, das McGregor-Heim in Richtung Stirling.

Betti, seine Frau, war dabei, die Zimmer im oberen Stockwerk auf Vordermann zu bringen. Heute Mittag würden schon die nächsten Touristen für einen kleinen Zwischenstopp bei ihnen eintreffen. Routiniert sortierte Ian das Geschirr in die Regale. Inzwischen fand er langsam Gefallen an diesem einfachen Leben.

Noch Anfang des Jahres fühlte er sich ausgelaugt und überfordert. Seit über siebenundzwanzig Jahren war er an einer der angesehensten Universitäten Europas als Geschichtsprofessor angestellt. An der *University of Edinburgh*.

Die Arbeit machte ihm Spaß und eigentlich war es das, was er sich immer gewünscht hatte. Seine Betti lernte noch als Student kennen. Dass es ihm gelang, ihr Herz zu erobern, darauf war er heute noch stolz und er liebte sie heute sogar noch mehr als damals als junger Bursche. Tag für Tag bewunderte er ihre roten, langen Haare und wunderte sich, dass trotz ihrer inzwischen vierundfünfzig Jahre, nicht eine einzige graue Strähne zum Vorschein kommen wollte.

Seine beiden quirligen Töchter, die elfjährige Rebecca und achtjährige Amy, machten das Glück perfekt. Auch das typisch schottische Eigenheim, mit der für hier klassischen Steinfassade und dem durchsichtigen Wintergarten, welches er von seinen inzwischen verstorbenen Eltern geerbt hatte, würde bei jedem anderen ein Glücksgefühl hervorrufen. Schulden hatte er keine und alles schien, nach außen hin, einfach bestens.

Umso erstaunlicher und auch für ihn unerklärlich sein diagnostiziertes Burnout-Syndrom. Langsam, so glaubte er, begann es wieder aufwärtszugehen. Die Psychologenbesuche wurden auf einmal pro Woche reduziert und eigenmächtig setzte er seine tägliche Dosis Antidepressiva auf ein Mindestmaß herunter. Doch vorletzte Woche fing er an, sich selbst zu hinterfragen.

Wollte er wieder zurück an die Uni? Nicht mehr allzu lange und er wäre sicher wieder einsatzbereit. Aber trotz seinem enormen Interesse an Geschichte und der Liebe zu seinem Beruf stellte sich ihm nun die Frage, ob es das gewesen sein soll?

Große Probleme kannte er bis zu seinem Zusammenbruch nicht. Wollte ihm sein Unterbewusstsein durch diese Krankheit ein Signal senden? Die paar Jährchen bis zur Rente dürften doch keine echte Mühe darstellen.

Diese Frage stellte sich nicht. Die Frage, die ihn nun täglich beschäftigte war, ob es noch etwas gäbe, das ihn genau so faszinieren könnte, wie sein damaliges Interesse am Geschichtsstudium.

»Darling, alles in Ordnung?«

Betti kam soeben zur Küche herein. Die Backen leicht gerötet vom Betten überziehen.

»Ja Liebes, alles Ok«, schwindelte er.

War es das etwa? Diese Fürsorge, dieses abgesicherte Leben. War es möglich, dass er etwa einen Reiz darin verspürte, einmal ein härteres Dasein kennen zu lernen? Ein Leben, in dem eben nicht alles rund lief. Ein Leben, in dem man nicht eben kurz zum nächsten Bankomat läuft, sich ein paar Pfund auszahlen lässt und die Geldscheine für irgendwelche Vorlieben zum Fenster hinauswirft. Sich zu einem Abendessen in einem der hochklassigen Restaurants einfindet oder zu einem Theaterbesuch, natürlich immer passend gekleidet. Wie wäre es, morgens aufzustehen und nicht zu wissen, ob man tagsüber genug zu essen haben würde? Wie wäre es, nicht in so einer Großstadt zu leben, sondern irgendwo in einem kleinen abgelegenen Dorf, eventuell im Süden Europas? Ian spürte, wie ihm warm wurde. Es kribbelte. Die Vorstellung auszusteigen schien höchst interessant. Aber komplett aussteigen? Nein. Das würde er nicht übers Herz bringen. Seine Töchter sollten auch weiterhin einen fürsorglichen Vater um sich haben. Und seine Betti könnte er sowieso nicht allzu lange alleine lassen.

Als er einmal nach London musste, um einen Vortrag zu halten, waren sie nur drei Tage getrennt gewesen und schon am ersten Tag hatte er sie mehrmals angerufen, um ihre Stimme zu hören. Zwei Wochen. Ja, das wäre realistisch. Zwei Wochen weg, aber wohin? Den Norden Europas kannte er gut genug, es sollte etwas Fremdes sein. Ein anderer Kontinent? Nein, dies erschien ihm dann doch als etwas zu extrem. Ok, also Südeuropa. Spanien? Portugal? Italien? Zu viele Touristen. Wo gab es Inseln? Viele Inseln und wenig bewohnt. Griechenland wäre eine Option. Da fiel ihm sein alter Kollege Martin ein.

Martin Frasier erzählte ihm schon seit Jahren von seinen Kroatienurlauben. Inzwischen hatte es sich zu einem alljährlichen Ritual entwickelt, sich nach seinen Urlaubstrips zusammenzusetzen, meist bei den McGregors, manchmal bei den Frasiers, Dias anzuschauen und einen guten Tropfen schottischen Whiskeys zu genießen. Sicher, auch da gab es genügend Touristen-Hochburgen, aber in Ian stiegen Bilder einer kleinen Siedlung, an einem Felshang gelegen, auf.

Was sagte Martin über diesen Ort? Fast ganz verlassen. Weniger als vierzig dauerhaft ansässige Bewohner, die alle schon mit einem Bein im Grab standen. In den Sommermonaten würden zwar täglich Urlauber vorbei schauen und selbstgemachten Käse, Olivenöle und einheimischen Wein kaufen, ein paar Fotos knipsen und dann weiterfahren, aber außerhalb der Saison? Wer würde da dann schon hinkommen? Wie hieß dieser Ort nur noch einmal? Ian glaubte, sich erinnern zu können, dass die Übersetzung dieser Siedlung eine Frucht oder ein Obst war?

»Betti?«, wandt er sich fragenden Blickes an seine Frau.

»Erinnerst du dich an Martins und Lindas Diavortrag über ihren letzten Kroatienurlaub?«

»Sicher Darling, wieso fragst du?«, sie schaute ihn neugierig an.

»Dieser kleine Ort, an dem Felshang, bewohnt nur von ein paar Greisen. Erinnerst du dich eventuell an den Namen?«

Betti schaute ihn fragend an. Wieso kam er denn nur auf Kroatien? Sie wusste, wie empfindlich er die letzten Monate gewesen war und versuchte, äußerst behutsam mit ihm umzugehen, bis er diese schwierige Phase seines Lebens überwunden hätte. Dennoch erstaunte sie seine Frage. Aber warum sorgte sie sich? Ein nervöses Gefühl überkam sie. Bald stünde ihr Hochzeitstag an, plante er etwas? Machte sie sich nur umsonst wieder einmal übertrieben Sorgen?

»Hmm, warte mal, Äpfel, Orangen, Kirschen? Nein. Ich versuche, mir eine Eselsbrücke zu bauen. Melonen. Ja, die Kinder aßen Meloneneis und da meinte Linda, dieser Ort würde so heißen. Genau, aber wieso fragst du?«

Ian murmelte nur gedankenverloren ein: »Nicht so wichtig«, und begab sich in das kleine Nebenzimmer, in dem ihr Computer stand.

Kurz darauf googelte er den Onlineübersetzer Englisch-Kroatisch und tippte den Begriff: »Melonen« ein.

Einen Wimpernschlag später las er: *Lubenice.*
Richtig. Das war es!

Sein Pulsschlag erhöhte sich und unbewusst knabberte er an seiner Unterlippe, als er weitere Informationen über die Suchmaschine einholte.

Insel Cres. Erreichbar mit einer Fähre von der davor liegenden Insel Krk oder mit einer anderen Fähre von der Halbinsel Istrien aus. Er folgte noch etlichen Links, las noch eine ganze Weile und sah sich in seinen Visionen schon im Südosten Europas.

3

Flughafen Edinburgh. Gestern noch Paketbote, heute Tourist. Na ja, offiziell Tourist. Inoffiziell der Job seines Lebens. Ein Sechser im Lotto wäre nichts im Vergleich hierzu. Sicher, anfangs würde man sich die ganzen angenehmen Dinge des Lebens gönnen, sich allerhand Zeugs anschaffen. Eine goldene Armbanduhr, ein Haus oder gleich eine Villa, einen Sportwagen, vielleicht ´ne Jacht, vielleicht ´nen kleinen Jet mit Privatpilot oder was auch immer. Doch recht zügig müsste man dann schauen, wie man das gewonnene Geld für sich arbeiten lassen würde, um nicht nach kurzer Glücksphase aufzuwachen und festzustellen, dass man alles verprasst hat. Die vielen Freunde, die man ganz plötzlich um sich herum hätte, wären dann noch plötzlicher sicher wieder weg. Das hier war um ein Vielfaches spannender. Ein monatliches Festgehalt von viertausend Euro, netto, bar auf die Kralle. Spesen, wie zum Beispiel Flüge, Hotelkosten wurden im Vorhinein von seinem neuen Arbeitgeber finanziert und er musste nur seinen Ausweis vorlegen und einchecken. Für wen er hier eigentlich diese Botengänge absolvierte und was wirklich dahinter steckte, wusste er nicht, ehrlich gesagt, es machte ihn zwar neugierig, aber seine innere Stimme sagte ihm: *»Besser nicht zu viel wissen!«*

Solange das Geld passte und pünktlich abholbereit dalag, würde er ein treuer, pflichtbewusster Bote sein. Des Weiteren hatte ihm seine Kontaktperson, in Stuttgart, im Graf-von-Zeppelin-Hotel einen Umschlag übergeben, mit mehreren hundert Euro darin. Zweihundert Pfund für seinen Schottland-Aufenthalt waren auch dabei. Auf seinem Zimmer lag ein Paket, das er inzwischen an Schuhmacher überbracht hatte; ein Koffer mit passenden Klamotten, ein Headset und ein Rucksack lagen auf dem Bett. Die Postbotenuniform befand sich auf dem Schreibtisch. Diese packte er nach seinem ersten Auftrag in eine blaue Mülltüte und entsorgte sie, wie ihm aufgetragen wurde, in einem Müllcontainer, welcher sich im Hinterhof, zwei S-Bahnhaltestellen weiter, befand. Wenn ihm überhaupt etwas wirklich erstaunlich vorkam, dann eher, dass man ausgerechnet ihn für diesen Job ausgesucht hatte. Bisher verdiente er sein Geld als

Fahrer für private Geschäftsleute, B- und C-Promis und ab und an für etwas wohlhabendere Touristen, die sich die Schwabenmetropole, aus was für einem Grund auch immer, etwas näher anschauen wollten. Ein kleines Zubrot mit gelegentlichen Deals in Form von aktuellen Modedrogen lehnte er auch nicht ab.

Lag es vielleicht an seinen Englischkenntnissen? Als Sohn eines kroatischen Gastarbeiters und einer irischen Mutter sprach er drei Sprachen fließend: Deutsch, Kroatisch und eben Englisch.

Blödsinn! Als würden nicht genügend andere die Sprache genau so gut sprechen.

In seine Gedanken vertieft, fand er sich schon bald am Taxistand vor dem Flughafengebäude wieder. Das erste zur Verfügung stehende schwarze Gefährt anpeilend, kramte er mit seiner linken Hand den Adresszettel aus der Hosentasche. Dem grauhaarigen Fahrer gab er schon aus ein paar Schritten Entfernung ein Zeichen, dass er sich bereit machen solle. Sein Magen meldete sich knurrend und er hoffte, die schottische Küche sei etwas besser als ihr Ruf. Denn das Häppchen im Flieger war eindeutig nicht genug gewesen. Der Taxifahrer öffnete den Kofferraum.

»Willkommen in Schottland, Mister. Geben Sie mir die Tasche, ich mach das schon.«

»Danke. Kein Regen heute?«, der Bote schaute zum hellgrauen Himmel hinauf.

»Keine Sorge, der kommt schon noch«, lächelte ihn der Fahrer an. Er kannte schließlich sein schottisches Wetter und die vier Jahreszeiten pro Tag. Im Black Cab sitzend erkundigte sich der Celtic-Glasgow-Fan, wie unschwer an dem am Rückspiegel befestigten Wimpel zu erkennen war, nach dem Zielort.

»In die 109 Craigleith Road, Edinburgh.«

»Aye Aye, Sir. Das erste Mal in Schottland?«

»Yep. Aber nur Gutes gehört und als Halb-Ire fühle ich mich irgendwie schon jetzt fast wie zu Hause«, entgegnete der Lieferant schmunzelnd.

»Ist es weit bis zum B&B?«

»Nein, nicht weit. Keine sieben Meilen. In einer viertel Stunde müssten wir da sein, falls sich niemand vors Auto werfen sollte«, meinte er grinsend. Ein fröhlicher Mensch.

Während der weiteren Fahrt führten sie einen Small talk über Fußball. Celtic hatte natürlich die treuesten und besten Supporter der Welt, und Manuel Neuer und Thomas Müller seien die sympathischsten Deutschen Fußballer, gab der Schotte zu verstehen. Der Bote hörte nach drei Minuten nur noch mit einem Ohr hin und bewunderte während der Fahrt die Häuser im viktorianischen Stil. Es fing an zu nieseln und keine weiteren drei Minuten später, während sie die A8 auf der Glasgow Road entlangfuhren, goss es wie aus Kübeln. Der Regen prasselte lautstark gegen die Windschutzscheibe und die Karosserie. Der Fahrer hatte Recht. Das Wetter schlug hier regelmäßig ganz plötzlich um. Das Taxi verließ die Schnellstraße, indem es nach links auf die Maybury Road abbog. Nach ein paar Wohnblocks hörten die Siedlungen auf und zur Linken lagen weite grüne, leicht hügelige Wiesen und Felder. Kurze Zeit später, als die ersten Häuser wieder aus dem Boden wuchsen, hielten sie sich rechts und befuhren die Queensferry Road. Der Taxifahrer beendete seinen Monolog, um darauf hinzuweisen, dass sie gleich am Ziel wären. Direkt vor dem hellbraunen Haus mit den hohen Fenstern im Obergeschoß, fand sich eine freie Parklücke. Der Bote drückte dem Taxifahrer das Fahrtgeld in die Hand und meinte, er solle ruhig sitzen bleiben, den Koffer würde er selbst ausladen. Die beiden verabschiedeten sich mit einem kräftigen Händedruck. Sekunden später verschwand der Bote zwischen den mannshohen Hecken, die den schmalen Weg zur Haustür wie zwei Wächter einengten.

4

»Mum, Dad, es hat geklingelt«, rief die kleine Amy. Betti McGregor fuhr sich noch kurz durch die langen roten Haare, bevor sie sich daran machte, den neuen Gast hereinzubitten. Ein Tourist aus Deutschland, wie ihr schon vor einem Monat telefonisch mitgeteilt wurde, der das Wochenende in Edinburgh verbringen würde. Die Rechnung für das Doppelzimmer, Einzelzimmer boten sie nicht an, wurde direkt nach der Reservierung per Überweisung beglichen. Wieso er sich kein anderes Bed and Breakfast suchte, oder ein günstiges Hotelzimmer buchte, war ihr zwar schleierhaft, konnte ihr aber letztlich egal sein.

»Guten Tag, Sir. Ich hoffe, Sie hatten eine gute Reise?«

»Hallo, kann mich nicht beklagen. Bis auf die nervige Warterei in Manchester am Airport. Musste dort umsteigen.«

»Das kann ich mir gut vorstellen, aber nun sind Sie ja da«, erwiderte Betti freundlich.

»Sie kommen aus Deutschland?! Darf ich anmerken, dass ihr Englisch ausgesprochen gut ist?«

»Dürfen Sie. Liegt wohl daran, dass meine Mutter Irin ist«, erwiderte er sichtlich stolz.

»Oh, tatsächlich? Nun, dann gehören Sie ja zur gälischen Familie als Ire.«

»Halbire, bin ein Mischling. Mein Vater ist Kroate und geboren wurde ich in Deutschland.«

»Interessant«, meinte Betti etwas verblüfft, »ich zeige ihnen mal ihr Zimmer, dazu müssen wir nach oben.«

Seinen Rucksack geschultert und den Koffer in der rechten Hand haltend folgte er Betti die engen hölzernen Stufen hinauf. Nachdem sie ihm das Zimmer gezeigt hatte, bot sie dem Gast an, mit der Familie einen Begrüßungstee zu genießen. In fünfzehn Minuten im Wintergarten. Dankend nahm der Neuankömmling an und schloss die Tür hinter sich. Er stellte den Koffer ab und schmiss den Rucksack auf das frischbezogene Bett. Sich warf er gleich daneben und blickte zur Decke. Am liebsten hätte er sich ein kurzes Nickerchen gegönnt, sich danach geduscht und anschließend umgeschaut, ob ein vernünftiges Restaurant in der Nähe wäre, doch zuerst die Arbeit. Er schmunzelte bei dem Gedanken. Denn nach harter Arbeit sah das alles nicht aus.

Wo war denn nur der Haken? Fluchs drehte er sich auf dem Bett, so dass er eine sitzende Haltung einnahm und die Füße den Boden berührten. Ein Griff in den rot-schwarzen Rucksack und das Headset war einsatzbereit. Das Mikrofon nun vor seinem Mund, nahm er Kontakt auf: »Bin angekommen! McGregors, Edinburgh. Wie soll´s weitergehen? Päckchen bereit?«, fragte er schelmisch.

Ein leises Knistern drang durch die Kopfhörer, dann ein kurzer Piepton bis schließlich eine klare, kräftige Männerstimme zu ihm durchdrang.

»Sie werden diesmal kein Paket abliefern müssen. Vorerst knüpfen Sie Kontakt zu dem Hausherren. Bemühen sie sich um ein freundliches Auftreten. Es ist wichtig, dass Sie seine Neugierde wecken, erwähnen Sie, dass ihr Vater aus Kroatien stammt.«

»Geht klar. Sie sind der Chef. Aber ich verstehe nicht ganz, was soll denn überhaupt meine Aufgabe sein, wenn ich nichts abzuliefern habe? Und warum sollte es den Alten interessieren, dass ich kroatische Wurzeln habe?«

»Es wird ihn interessieren, das kann ich Ihnen versichern.«

»Gut, Ok. Aber verzeihen Sie, falls ich ihnen auf die Nerven gehen sollte, es geht mich ja nichts an, aber ich wurde doch als, wie mir gesagt wurde, eine Art Lieferant, Paketzusteller, eingestellt, nicht wahr? Warum also kein Paket?«

»Stellen Sie nicht zu viele Fragen und machen Sie sich keine Gedanken. Aber nun gut, eins kann ich vorwegnehmen, Sie werden uns etwas liefern müssen, auf dem Rückweg.«

»Nur zum besseren Verständnis. Gehe ich recht in der Annahme, dass McGregor eine Kontaktperson ist, ich mich ihm zu erkennen geben werde und er mir daraufhin für Sie wiederum etwas mitschickt?« Stolz darauf, dies scheinbar durchschaut zu haben wartete er grinsend auf die Antwort, die etwas auf sich warten ließ.

»Nein, das ist nicht korrekt. Ian McGregor wird das Paket sein das Sie mitbringen werden.«

Stille auf beiden Seiten der Leitung. Der Bote schluckte. Seine Stirn lag in Falten, als ihm sein Auftraggeber noch eines nahelegte: »Er weiß noch nichts davon und das wird vorerst auch so bleiben.«

5

Stuttgart. Donnerstag kurz vor zwölf Uhr mittags. Schumacher hatte soeben geduscht und hoffte nun, nach einem frischgebrühten heißen Kaffee, endlich fit zu werden und den immer noch latent anwesenden Restalkohol vertreiben zu können. Das Handtuch um die Hüften gebunden und die noch nassen Haare glatt nach hinten gekämmt, begutachtete er stirnrunzelnd das Paket, welches sich immer noch unangetastet auf dem Küchentisch befand. Er beugte sich hinab und hielt ein Ohr gegen die gelbe Schachtel.
Nichts zu hören. Was sollte auch zu hören sein? Er nahm einen kräftigen Schluck Kaffee und verbrühte sich die Lippen.

»Verdammte Scheiße aber auch. Das hast du nun von der ganzen Sauferei«, beschimpfte er sich selbst.

Die Neugierde triumphierte schließlich und ließ ihn das unangenehme Gefühl im und um den Mund herum verdrängen.

Er zog ein scharfes Messer aus der Schublade. Senkrecht drang die Spitze durch den Karton. Vorsichtig, nicht zu tief eindringend, zog er die Klinge durch das Paket. Die beiden, nun geteilten Seiten des Deckels bog er behutsam nach außen. Ein schwarzer Laptop kam zum Vorschein. Ein weißes Briefkuvert lag darüber. Verwundert holte er beides heraus und legte es ebenfalls auf dem Tisch ab.

»Was zum Henker soll das denn jetzt?«, sprach er zu sich selbst.

Franz musterte den Umschlag von beiden Seiten. Auch hier kein Absender. Konnte er wirklich der richtige Adressat sein oder war dem Postler ein Fehler unterlaufen? Sollte es zu einem Irrtum gekommen sein, durfte er dann überhaupt den Brief öffnen und lesen? Er hatte schließlich schon genug Ärger, da wollte er sich nicht auch noch mit der Justiz anlegen, wegen solcher Banalitäten wie die Verletzung eines Briefgeheimnisses. Schumacher griff schon nach einem Wasserkocher, um sicherheitshalber das Kuvert über dem Wasserdampf öffnen zu können, ohne dass es später jemandem auffallen würde. Doch da fiel es ihm wieder ein. Der Paketlieferant sprach ihn mit *»Herr Schuhmacher«* an. Also kein Irrtum.

»Drauf geschissen«, knurrte er.

Nun riss er die glatte, weiße Papierhülle auf und schmiss die Fetzen sogleich in den Papierkorb unterhalb des Tisches. Er zurrte den Brief heraus und faltete ihn auseinander. Nach den ersten Zeilen starrte er ungläubig und verdutzt vor sich hin.

Er drehte sich zur Küchenzeile und holte sich die angebrochene Schachtel Kippen aus einem der Hängeschränkchen. Mit leicht zittrigen Händen zündete er sich die in den Mund geschobene Kippe an, setzte sich auf den kleinen Barhocker vor dem Küchentisch und begann erneut zu lesen:

»An Herrn Franz Schuhmacher. Geboren am 17. Januar 1966, in Vaihingen/Enz. Gestorben am 5. November 2015, in Stuttgart.

Sehr geehrter Herr Schumacher, es wäre überaus wichtig, für *SIE* wie auch für *UNS*, dass sie diesen Brief nicht sofort in den Müll werfen. Im Gegenteil! Selbstverständlich ist es uns bewusst, dass Sie dies hier für einen makabren Scherz halten werden, aber wir bitten Sie inständigst um Ihre volle und ungeteilte Aufmerksamkeit. Wir wissen alles über Sie, jede nur erdenkliche Einzelheit. Von Geburt an, bis zu Ihrem bevorstehenden Tod. Trotz dieser, wie Sie es nun mit Sicherheit empfinden werden, unglaublichen und perfiden Behauptung muss ich Sie dazu auffordern, das mitgesendete Laptop in Betrieb zu nehmen. Darauf werden Sie eine Videobotschaft zu sehen bekommen, die unsere Behauptung untermauert und Sie vom Wahrheitsgehalt überzeugen wird.
Daraufhin werden wir Ihnen ein Angebot unterbreiten, welches sowohl für Sie von großem Interesse sein dürfte und womit uns geholfen werden könnte.
Hochachtungsvoll Sektion Harlekin.«

Schumacher sprang auf. Wutentbrannt schnalzte er seine, bis zum Stummel heruntergepaffte, Kippe ins Spülbecken und ließ kaltes Wasser aus dem

Wasserhahn darüber fließen. Sein Gesicht verfärbte sich glutrot und er begann heftig zu toben, ohne Rücksicht auf seine Nachbarn zu nehmen.

»Verdammte Schlampe! Sektion Harlekin, dass ich nicht lache.«

Er schlug mit der geballten Faust gegen den Wandschrank.

»Na warte du egoistische, kranke, kleine, billige Straßennutte. Dir zeig ich´s.«

Als wären ein Dutzend Dämonen persönlich hinter ihm her, eilte er in das Wohnzimmer und suchte nach seinem Handy. Außer sich vor Wut schmiss er die Kissen von der Couch, um das gesuchte Mobiltelefon darunter doch nicht zu entdecken. Er schaute unter den Zeitschriften nach, fand es dort aber auch nicht. Fluchend entdeckte er es schließlich auf der Fensterbank, neben der grellgelben Blumenvase mit den ausgetrockneten Lilien darin. Wie es da nur hinkam, war ihm schleierhaft, aber musste wohl an der durchzechten Nacht gelegen haben. Er durchforschte die Liste mit seinen Kontakten und war einen kurzen Moment lang froh darüber, dass er die Nummer seiner Ex noch nicht gelöscht hatte, vorgehabt hatte er es schon unzählige Male, nur endgültig durchgezogen hatte er es nie. Er war zwar, wenn man es näher betrachten würde, tatsächlich ein Versager auf so ziemlich allen Gebieten, aber zumindest ein Versager mit Herz. Aber nach dieser Scheiß-Aktion, wie er es nannte, musste er Konsequenzen ziehen und jegliche Form von Mitgefühl hinter sich lassen. Das Handy ans Ohr gepresst, stand er zitternd vor Wut mitten im Wohnzimmer. Gleich würde er seine Ex rund machen. Es klingelte. Nach dem sofortigen Donnerwetter und Ausreizen sämtlicher ihm bekannten Fäkalwörter wartete er auf ihre Verteidigungsstrategie. Mit allem hatte er gerechnet. Mit den idiotischsten Ausreden. Nichts würde er ihr abkaufen, doch dann überraschte sie ihn doch noch. Als er glaubte, auch noch ein leises Schluchzen vernehmen zu können, dämmerte es ihm. Sie mochte zwar nicht die ehrenhafteste Frau auf Erden sein, aber in diesem Fall…

»…ich hoffe wirklich für dich, dass es dir bald wieder besser geht. Aber glaubst du wirklich, nach diesem Verlust ist mir danach, irgendwelche Pakete zu verschicken? Franz, diese Fehlgeburt hat wirklich tiefe Narben hinterlassen. Es war ein Wunschkind. Und die Ärzte meinten, ich müsste mich täglich bei Gott bedanken, dass ich noch am Leben bin. Sie meinten, nach all den Komplikationen kann ich froh sein, dass ich übermorgen endlich wieder heimdarf.«

Franz schluckte. Ohne sich zu verabschieden, kappte er die Verbindung und versuchte seine Gedanken zu ordnen.

6

Im Wintergarten der McGregors fragte Ian den Neuankömmling über Kroatien und seine Menschen aus. Der Auftraggeber schien auf unerklärliche Weise Recht zu haben. Jede noch so kleine Information, die man nicht in einem Reiseführer nachlesen konnte, schien der Geschichtsprofessor förmlich aufzusaugen. Betti, die gerade dabei war Tee nachzuschenken, war sichtlich erstaunt ob des plötzlichen Interesses ihres Ehemannes bezüglich dieses Landes. Bei den Diavorträgen der Frasiers schien er nur der Höflichkeit wegen Neugierde vorzutäuschen. Doch sie wollte den Dialog nicht unterbrechen und verschob ihre Nachfragen auf einen späteren Zeitpunkt, wenn sie wieder allein sein würden.

»Sind Sie denn regelmäßig in Kroatien?«, fragte Ian.

»Durchaus. Wenn es der Terminkalender und der Geldbeutel zulassen, bin ich im Sommer für drei Wochen unten am Meer. Im Winter versuche ich über die Weihnachtstage dann bei der Familie, im Norden des Landes, zu sein. Meistens bin ich dann zwischendurch auch noch für ´nen Kurztrip im Lande, also dreimal jährlich ist eigentlich normal.«

»Wie gut kennen Sie denn die kroatische Inselwelt?«, fragte McGregor nach.

»Kenne doch schon einige Inseln. Warum fragen Sie? Scheint mir so als würden Sie Ihren nächsten Urlaub planen.«

»Falls du uns überraschen wolltest, ist dir dies hiermit misslungen, Darling«, warf Betti schmunzelnd ein.

Nachdenklich rieb sich der Professor mit der offenen, linken Handfläche über Mund und Kinn. Er schien die Frage und Bemerkung ignorieren zu wollen. Diese kurze Stille nutzte der Bote, um sich nach einem guten Restaurant zu erkundigen. Der Hunger, der sich schon am Flughafen gemeldet hatte, wurde nun aufdringlicher. Ian schoss hoch und die anderen beiden sahen etwas irritiert zu ihm auf.

»In zwanzig Minuten fahre ich die Kinder zum Geigenunterricht. Wenn Sie möchten, kann ich Sie mitnehmen und Sie zu einem wunderbaren Lokal begleiten. Es liegt auf dem Weg und ist ein echter Insider-Tipp. Die Touristen haben es komischerweise noch nicht für sich entdeckt.«
Ian schaute auf die Armbanduhr. Der Bote hob die Augenbrauen, verzog die Mundwinkel und zeigte die Handflächen, was wohl so viel wie: *Warum nicht?,* bedeuten sollte.

»Betti, da du ja heute Abend zu dieser Vorlesung gehst, würde ich vorschlagen, ich schließe mich unserem Gast an und würde dann auch einen Happen draußen essen. Die Kinder werden ja wie abgemacht von Irenes Mutter heimgefahren. Bist du einverstanden?«
Auch Betti hob nun die Handflächen und legte den Kopf leicht in die Schultern. In ihrem Fall bedeutete dies wohl: *Du hast ja schon entschieden, was kann ich da jetzt noch erwidern?!*

7

Susanne Gerling hielt ihre Chipkarte an das Kontrollkästchen, welches daraufhin ein Signal an den Pförtner sendete, der drei Stockwerke über ihr am Ausgang des unterirdischen Parkhauses in seinem Glashäuschen saß und vor kurzem seine Nachtschicht angetreten hatte, dass ein Eigentümer in die Tiefgarage einfuhr. Das Tor zu den Parkflächen in der U4 gab ein hörbares Rattern von sich. Die beiden Hälften teilten sich. Jeweils eine zur Linken, die andere zur Rechten. Susi betätigte das Gaspedal und befuhr routiniert den Stellplatz ihres Vaters, der ihr seine Parkfläche gerne zur Verfügung stellte, wenn sie ihren Putzjob in der naheliegenden Arztpraxis antrat. Zweimal wöchentlich besserte sie somit etwas ihre knappe Haushaltskasse auf. Die Vierundzwanzigjährige konnte zwar jederzeit mit der finanziellen Hilfe ihres Vaters rechnen, wollte aber auf eigenen Beinen stehen, auch wenn sie sich eingestehen musste, dass sie nach ihrem abgebrochenen Studium manchmal zu blauäugig war und sich das Leben in ihrer angemieteten Single-Wohnung etwas einfacher vorgestellt hatte. Krachend fiel die Fahrertür ihres geliebten, roten VW Käfers ins Schloss. Susanne fuhr sich durch die langen blonden Haare und lief durch das Dämmerlicht in Richtung Aufzug. Der Lift, den sie anfangs ziemlich unbehaglich empfunden hatte, fuhr gleichmäßig empor gen Erdgeschoß, welches sich in einem Gebäude in einer Seitengasse des Leonberger Marktplatzes befand. Inzwischen liebte sie es, nachts durch die Altstadt zu schlendern, und fürchtete sich auch nicht mehr, wenn sie, wie heute Abend, alleine in Richtung Arbeitsplatz lief. Sie hatte nach kurzer Zeit schon feststellen können, dass auch in den späten Abendstunden immer wieder Menschen durch die Gassen zogen, und fühlte sich dadurch reichlich sicher. Die zahlreich vorhandenen Gastronomiebetriebe, welche stets gut besucht waren, verstärkten ihre Sicherheit, da sie davon ausging, dass niemand so dumm sein würde sie anzufallen, wenn er davon ausgehen musste, dass Zeugen vorhanden sein würden. Die junge Frau verließ den Aufzug. Am Gebäudeausgang begab sie sich nach links in Richtung Marktplatz. Die Konditorei in der engen Fußgängergasse war um diese Uhrzeit schon geschlossen, doch die Bar dahinter beherbergte noch ein paar Gäste, zwei davon standen rauchend vor dem Eingang. Eine weitere, etwas breitere Gasse kreuzte ihren Weg. Sie schaute nach rechts und links, da man hier manchmal mit Verkehr rechnen musste.

Sie bemerkte einen, mit Schritttempo entgegenrollenden schwarzen Lieferwagen, nur ein paar Meter entfernt von ihr. Gerade wollte sie das Sträßchen überqueren und die folgende Gasse weiter entlanglaufen, als sie die Lichthupe bemerkte. Stirnrunzelnd blieb sie stehen.

Meint der mich?, Schoß es ihr durch den Kopf.

Sie schaute zu den beiden Männern vor der Kneipe, die soeben ihre Kippen zu Boden warfen und mit den Schuhen ausdrückten. Unschlüssig ob sie weitergehen oder abwarten sollte, sah sie den Lieferwagen näher kommen und die beiden Männer ins Lokal laufen. Trotz der lauten Musik meinte sie noch vernommen zu haben, dass einer der beiden *Thekenrunde* rief. Lautes Gejohle übertönte den Rolling Stones Song und durch die Glasfront der Gaststätte sah sie, wie sich das Grüppchen singender und grölender Gäste am Schank postierte und dem edlen Spender auf die

Schulter schlug. Abgelenkt von der Szenerie kam es ihr auch gar nicht mehr seltsam vor, als der Fahrer des Lieferwagens den Wagen direkt neben ihr stoppte. Die Tür öffnete sich und versperrte ihr den Weg, was in Susanne nun doch ein mulmiges Gefühl verursachte. Just in dem Moment, als sie im Begriff war den Wagen von hinten zu umgehen, sprang ein muskulöser, dunkelgekleideter Mann mit roter Kopfbedeckung und dunklem Bart, vom Fahrersitz.

»Guten Abend, können sie mir eventuell weiterhelfen?«, sprach er Susi mit einer kräftigen Stimme an.

Ehe sie etwas erwidern konnte, hielt er ihr ein farbiges Prospekt vor die Nase. Die Seitentür des Lieferwagens schob sich zur Seite und eine junge Frau mit ebenfalls rotem Baseballcap auf dem Kopf kam zum Vorschein. Auch sie grüßte.

»Mein Navi ist ausgefallen und ich habe eine Lieferung für die Gaststätte *Alte Amtei*, in der Oberamteistraße. Wissen Sie, wie ich da hinkomme?«

»Mann, Sie haben mir vielleicht kurz einen Schrecken eingejagt«, erwiderte Susanne und holte kurz Luft.

Nun, über ihren plötzlich aufkeimenden Schreck schmunzelnd, drehte sie sich in Fahrtrichtung und malte beschreibend mit ihrem Zeigefinger den Weg in die Luft.

»Kann ich! Sie fahren gleich hier unten rechts und dann die nächste… «
Weiter kam sie nicht. Einen von hinten um ihren Kopf greifenden Arm spürend und ein feuchtes Tuch vor ihrer Nase, das ihr den Atem stahl und sich beißend scheinbar bis in ihr Gehirn fressen wollte, beraubte sie ihrer Sinne. In sekundenschnelle verschwanden die Fassaden der Häuser in einem schwarzen Loch.

8

Schuhmacher starrte gebannt auf den Laptop. Mit den Fingerspitzen trommelte er rhythmisch auf der Tischplatte herum. Zwei auf ihn einplappernde Stimmen in seinem Kopf lieferten sich einen Wettkampf, wem er als erstes Gehör verschaffen würde. Die eine krächzte ihn in seinem Innern an, er solle sich ein Bier aufmachen. Die andere pochte darauf, endlich den Laptop in Betrieb zu nehmen.

Vor noch nicht allzu langer Zeit war Franz ein neugieriger und entschlussfreudiger Mensch gewesen und hätte mit Sicherheit schon längst die Apparatur angeschmissen, doch sein stetiger Alkoholkonsum und seine Bitternis, gepaart mit einer kräftigen Dosis Selbstmitleid, stumpften ihn immer mehr ab. Das Handy klingelte und riss ihn aus seiner Lethargie. Den Hörer gegen das Ohr drückend, vernahm er eine einfühlsame Stimme.

»Drei ..., zwei ...., eins ..., schau die Videobotschaft an. Ich werde erneut herunterzählen. Danach wirst du dich nicht an diesen Anruf erinnern. Drei ..., zwei ...., eins ...«
Franz schaute auf sein Handy und fragte sich nur kurz, warum er es in Händen hielt. Er klappte den Laptop auf und erblickte nur eine einzige Anwendung auf dem Monitor. Mit einem Doppelklick brachte er die Videodatei zum Laufen. Zurückgelehnt presste er seine Handflächen aneinander, als verharre er im Gebet, drückte dabei beide Daumen gegen die Unterseite seines Kinns und die Mittelfinger gegen die Nasenspitze. Seltsam vertraut kamen ihm dabei die ersten Eindrücke des laufenden Videoclips vor. Ein Sandstrand.

Kristallklares Wasser. Seemöwen, die über dem Meer ihre Kreise zogen. Plötzlich, als ein leises Glockenspiel zu vernehmen war, dämmerte es ihm.

»Verdammte Scheiße, was geht denn hier ab?«, fragte er sich.

Dies musste ein Deja-vu sein. Diese Szene hatte er doch schon einmal erlebt. Plötzlich schien von weitem eine Person über den Strand zu laufen und näher zu kommen. Die Figur wurde schneller, bunter und größer, bis sie komplett sichtbar aus dem Monitor starrte. Schumacher rang um Fassung. Erneut fluchte er vor sich hin. Inzwischen schien das ganze geschminkte Gesicht des Harlekins die Bildfläche einzunehmen.

»Na, Franz? Hat's gefunkt? Der Kandidat hat hundert Punkte, es ist ihm ein Licht aufgegangen«, krächzte der Harlekin.

Schumacher begann eine Frage vor sich hinzustammeln, doch der Clown sprach unbeirrt weiter.

»Nein. Nein. Nein. Kein Deja-vu und auch keine Halluzinationen. Franz, ich kenne dich. Du kennst mich nicht. Stehe auf, das Läuten verkündet die neue Sicht.«

Der Harlekin verfiel in einen Gänsehaut erregenden Lachkrampf. Plötzlich war er verschwunden. Auf dem Monitor war nur noch das beruhigende Platschen der Wellen sichtbar. Noch während Franz versuchte, seine Gedanken zu ordnen, und nach einer vernünftigen Erklärung suchte, erklang eine sanfte Frauenstimme.

»Hallo Franz. Oder wäre es dir lieber, ich würde dich mit Herr Schuhmacher ansprechen?«, eine kurze Pause trat ein.

Seemöwen zwitscherten wohltuend vor sich hin. Die Stimme fuhr fort: »Dies war dein Traum der letzten Nacht. Nun musst du zugeben, auch wenn es dir verwirrend erscheint, dass wir nicht gelogen haben, dich nicht getäuscht haben und im Stande sind sogar deine Träume zu erkennen und bildlich wiederzugeben. Wir haben dir mitgeteilt, dass wir dein Sterbedatum kennen. Dies entspricht der Wahrheit. Warum wir dich kontaktieren und uns eine Zusammenarbeit erhoffen, würden wir dir gerne persönlich, von Auge zu Auge, erklären. Dazu wäre es notwendig, dass du zu uns kommst. Du hast nichts zu befürchten. Im Gegenteil. Wir haben die Möglichkeit, dir dein Leben zu retten. Vorausgesetzt du bist im Gegenzug bereit, uns zu helfen. Es ist uns selbstverständlich klar, dass du das hier Gesehene und Gehörte erstmal verarbeiten musst. Wir geben dir dazu vierundzwanzig Stunden Zeit. Danach musst du dich entschieden haben. Nach Ablauf der Frist werden wir dich erneut kontaktieren. Und eins noch. Zu niemandem auch nur eine Andeutung dessen, was du gerade erlebt hast. Nicht weil wir etwas dadurch zu befürchten hätten. Aber es könnte zu unnötigen Komplikationen führen und wir wären nicht mehr in der Lage für dein Leben zu garantieren.«

Das Video endete und Franz schob sich eine Zigarette in den Mund.

»Heilige Mutter Gottes«, hauchte er kaum hörbar vor sich hin.

Obwohl er schon seit der Pubertät nicht mehr an höhere Mächte glaubte, sondern nur an das Sichtbare und die ihm inzwischen so schmerzlich vertraute Realität der hiesigen Ellbogengesellschaft.

9

Gesättigt wischten sich die beiden Männer ihre Münder mit den Servietten ab. Während des Abendmahls nahm sich Ian McGregor höflich etwas zurück, doch sein Wissensdurst war keineswegs gestillt. Ian schlug beim Betreten des Lokals vorausschauend eine Nische in der Ecke vor, damit sie sich in Ruhe unterhalten konnten. Nicht selten war es nämlich so, dass man in schottischen Gastronomiebetrieben unverhofft in ein Gespräch verwickelt wurde und da diese Lokalität kein klassisches Restaurant war, wollte der Professor eben jene Eventualität von vornherein so gering wie irgend möglich halten. Der Ober räumte die Teller ab und nahm eine weitere Bestellung Guinness für den Kroaten auf. Ians Glas war noch zur Hälfte mit Mineralwasser und einer halben Scheibe Zitrone gefüllt.

»Waren sie zufrieden mit dem Essen Mr. Gudelj?«, erkundigte sich McGregor siegessicher.

»Absolut. Da haben sie wirklich nicht zu viel versprochen. Übrigens, wenn es ihnen lieber ist, können sie mich Stipe nennen.«

Der Kroate streckte ihm die Hand entgegen.

Ian schlug ein, lächelte und bot seinem Gegenüber ebenfalls an ihn mit Vornamen anzusprechen. Kurz zweifelte Stipe daran, ob es klug gewesen war ihm seine Identität preiszugeben, doch augenblicklich fiel ihm ein, dass sein Zimmer auf seinen richtigen Namen gebucht wurde. Somit musste er daraus also kein Geheimnis machen.

Warum überhaupt diese ganze Geheimniskrämerei?

Der alte Herr wurde ihm langsam, aber sicher sympathisch. Worauf hatte er sich hier eingelassen? Bei Schuhmacher kam es ihm zwar schon etwas merkwürdig vor, sich als Postbote ausgeben zu müssen, aber wenn er an die leicht verdienten Geldscheine dachte, konnte er böse Vermutungen jeglicher Art schnell beiseite drängen.

Außerdem war ja nichts dabei ein Paket zu überbringen, beruhigte er sich. Doch erneut kam die Erinnerung in ihm hoch, als ihm mitgeteilt wurde, Ian McGregor wäre das Päckchen. Es ließ sich nicht vermeiden, dass auch die schwärzesten Vorahnungen sich in ihm breitmachten, er an alte Mafiafilme dachte, in denen die Opfer zerstückelt und in einen Koffer gelegt wurden, um sie dann im

Hudson-River zu entsorgen, oder auch irgendeinem anderen Gewässer.

Oder einbetoniert oder ..., er versuchte, seine Gedanken beiseite zu wischen, indem er dem Professor zuprostete und sich nach der Toilette erkundigte. Eigentlich musste er gar nicht, aber um sich selbst wieder unter Kontrolle zu bringen, brauchte er eine kleine Erfrischung in Form einer kalten Gesichtsdusche am Handwaschbecken.

Er beachtete den glatzköpfigen Herren an der Theke gar nicht, als er in Richtung Gang einbog, der zur Männer-Toilette führte.

Der kräftige, breitschultrige Mann im Schwarzen Armani-Anzug drehte sich geschickt vom Barhocker herunter und folgte ihm leichtfüßigen Schrittes, was irgendwie so gar nicht zu seiner Statur passen wollte.

Gudelj klatschte sich das kalte Wasser ins Gesicht. Als er in vorgebeugter Haltung noch zweimal mit dem kühlen Nass sein Haupt benetzte, öffnete sich die Tür zum Vorraum der Toiletten.

Stipe drehte mit geschlossenen Augen den Wasserhahn zu, richtete sich auf und trocknete sein Gesicht mit den abgerissenen Papierfetzen, die er aus dem dafür vorgesehenen, an der Wand befestigten Behälter gezogen hatte. Sich im Spiegel betrachtend zuckte er erschrocken zusammen und drehte sich wie von der Tarantel gestochen um. Hinter ihm lehnte lässig der gut gekleidete Herr an der Wand und lächelte ihn schelmisch an.

»Ist ihnen nicht gut? Hat ihnen das Essen nicht zugesagt?«, fragte er den etwas blass gewordenen Boten in perfektem Deutsch.

»Nein, nein. Alles in bester Ordnung«, erwiderte Gudelj, »woher wissen Sie, dass ich Deutsch spreche?«

Der Mann im Anzug zog ein goldenes Zigarettenetui aus der Innentasche seines Sakkos, öffnete es geschickt mit nur einer Hand und bot Gudelj mit ausgestrecktem Arm eine der filterlosen Tabakstängel an.

Stipe musterte den Unbekannten mit zunehmender Skepsis und einem aufkeimendem kribbeln in der Magengrube, als würde sich eine Ameisenherde zur Volkswanderung aufmachen.

»Nehmen Sie schon. Sie schauen mir so aus, als würden ihnen ein paar Lungenzüge ganz guttun«, forderte ihn dieser bestimmend auf.

»Hier ist das Rauchen nicht gestattet«, lehnte Stipe ab, in der Hoffnung, sich wieder aus dem Staub machen zu können.

Ein herzhaftes Lachen schallte durch den kleinen Vorraum.

Der Glatzköpfige zündete sich eine an, sog tief den blauen Dunst ein, um ihn geräuschvoll wieder auszuhauchen.

»Sagen Sie mir Herr Gudelj, seit wann kümmert es einen Kleinkriminellen, wo man rauchen darf und wo nicht?«

Erneutes Lachen. Plötzliche Stille. Die beiden fixierten sich regungslos. Der Glatzkopf selbstsicher mit einem kaum merkbaren Lächeln um die Mundwinkel. Der Andere versuchte, mit schauspielerischer Einlage seine Nervosität zu übertünchen, was ihm aber keineswegs gelingen sollte, da sein etwas zu schneller Herzschlag durch sein dünnes Hemd sichtbar wurde, indem es rhythmisch den leichten Stoff zum hin- und her-flackern brachte.

Stipe unterbrach als Erster das Schweigen: »Ich weiß nicht, wer Sie sind und was Sie von mir wollen. Aber ich habe das Gefühl, es wäre besser wir gehen jetzt getrennte Wege.«

Stipe setzte zum Verlassen des Raumes an.

»Oh, ich weiß ganz gut, was Sie wissen und was Sie nicht wissen. Und genau das ist ja das Problem. Bitte, machen wir uns beiden nichts vor. Dies hier ist eine Nummer zu groß für Sie.«

Gudelj rieb die Fingernägel seines rechten Daumens und des rechten Zeigefingers aneinander, was er immer tat, wenn er Unruhe verspürte.

»Ich verstehe nicht…«.

»Sagte ich doch: Sie verstehen nicht, was genau Sie eigentlich tun. Sie haben nicht einmal die leiseste Ahnung davon, für wen Sie das tun. Und Sie wissen noch nicht einmal, was überhaupt vonstattengeht«, unterbrach ihn das Kojak-Double. Stipe schaute zu Boden. Tausend Fragen und Gedanken durchblitzten seinen Schädel, einem Überfallkommando gleich.

»Hören Sie, was wollen Sie von mir? Ich bin hier mit einem Freund zum Abendessen. Ich werde austrinken und das Lokal verlassen und Sie müssen mich mit jemandem verwechselt haben.«

Kopfschüttelnd stand der Unbekannte nun nur einen Hauch von Gudeljs Nase entfernt.

»Keine Verwechslung. Schon vergessen? Ich spreche Sie mit ihrem Namen an. Ich spreche mit ihnen auf Deutsch. Machen Sie sich nicht lächerlich. Ich werde es ihnen heute noch sanft und im Guten sagen: Verlassen Sie morgen die Stadt. Fliegen Sie zurück nach Stuttgart und leben Sie ihr Leben, wie Sie es vorher taten, bevor ihnen dieser *Job* unterbreitet wurde. Brechen Sie alle Kontakte ab. Noch können Sie das. Das kann ich ihnen garantieren. Doch McGregor werden Sie hier lassen, bei seiner Familie, wo er hingehört. Ich hoffe, wir haben uns verstanden.«

Der Glatzkopf wandte sich ab und betätigte den Türgriff, als diesmal Stipe derjenige war, der die Szenerie noch nicht auflösen wollte.

»Ok. Also keine Verwechslung.«

Da der Fremde keine Anstalten machte den Boten verletzen zu wollen, wurde Gudelj mutiger.

»Was, wenn ich mich gegen ihren Vorschlag entscheide? Warum sollte ich den Rat eines Wildfremden befolgen? Der mir dazu noch nicht mal ein einziges, schlagkräftiges Argument liefert.«

Blitzartig packte der Fremde Stipe am Arm. Die andere Hand umschlang, ehe er sich versehen konnte, seinen Hals und drückte schmerzhaft gegen seine Gurgel. Es folgte ein ruckartiger Schubs, der veranlasste, dass Stipes Hinterkopf, gepaart mit einem dumpfen Klopflaut, gegen die geflieste Trennwand krachte. Der Unbekannte trat einen Schritt zurück und beobachtete den am Boden Kauernden und Räuspernden. Doch alles Räuspern half nichts, das kratzige Gefühl rundherum um die Gurgel blieb.

»Sie wollten ein schlagkräftiges Argument? Bitteschön! Ich hoffe, ich konnte Sie zufriedenstellen, Herr Gudelj«, gab der Koloss verachtend von sich, »morgen. Nicht vergessen. Stadt verlassen. *ALLEINE*.«
Er schloss überraschend sanft und lautlos die Tür hinter sich. Minuten später schaute McGregor etwas verwundert drein als ihm sein Begleiter eröffnete, er fühle sich nicht sonderlich und dass er gerne zurück zum B&B fahren würde.

10

Noch etwas schläfrig und leicht benommen blinzelte Susanne Gerling vor sich hin. Irritiert versuchte sie, die Situation einzuordnen. Warum lag sie? Sie hätte schwören können, dass sie auf dem

Weg zur Arztpraxis war. Aber scheinbar lag sie in ihrem Bett.

Oh nein. Kopfschmerzen konnte sie nun gar nicht gebrauchen. Ihr Schädel pochte und sie hatte einen trocken Mund. Halbblind versuchte sie, nach ihrer Flasche Wasser zu greifen, welche sie vorsorglich immer neben ihrer Schlafstatt bereit hielt. Sie griff ins Leere. Langsam wurde ihre Sicht deutlicher. Sie hatte wohl vergessen, das Licht auszuschalten.

Sollte mal eine neue Glühbirne besorgen, diese Sparlampe ist deutlich zu dunkel, durchfuhr sie ein Gedanke.

Wie viel Uhr es wohl sein mochte? Wieso war sie so durcheinander? Und welcher Tag war nun überhaupt? Unfähig ihre Situation richtig einzuordnen streckte sie sich. Irgendwie musste sich ihr rechtes Bein verheddert haben. Irgendetwas behinderte sie in ihrer Bewegungsfreiheit. Sie verspürte ein leichtes Ziehen im Rücken, etwas oberhalb des Steißbeins. Warum hing denn auf einmal die Matratze so durch? Gut, es war nicht die Neueste aber eigentlich doch noch relativ gut in Schuss.

Komm schon Susi, beweg deinen Hintern, versuchte sie sich selbst zu motivieren.

Trotz der Schmerzen, die sie in den unterschiedlichsten Körpergegenden verspürte, wollte sie sich ruckartig aus dem Bett hieven, um endlich ihren unbeschreiblichen Durst zu löschen und eine Aspirin vom Nachtkästchen zu nehmen. Den Oberkörper aufrichtend und nach rechts drehend, im Bruchteil einer Sekunde die Beine vom Bett schmeißend, wurde sie in null Komma nichts in die Realität zurück geschleudert. Verknotet wie eine untalentierte Yoga-Schülerin krachte sie auf den kalten Betonboden. Ihr rechter Fuß blieb angekettet mit einer Handschelle direkt neben dem Bettgestell liegen, das linke Bein lag quer darüber. Gesicht, Oberkörper und Handflächen klatschten laut auf das kalte Grau. Ihre Klarsicht war, wie auf mystische Art und Weise, auf wortwörtlich einen Schlag wiederhergestellt. Dies war nicht ihr Laminatboden. Dies war mit Sicherheit auch nicht ihr Schlafzimmer.

Gott steh mir bei, die Erinnerung kehrte in Windeseile zurück.

Die Altstadt. Der schwarze Lieferwagen und der bärtige Fahrer, der sich nach dem Weg erkundigte. Danach kam nichts mehr…

»Oh mein Gott, oh mein Gott, oh mein Gott«, schluchzte sie.

Sie versuchte, sich zu entknäueln. Musterte hektisch ihren Körper und Klamotten.

Gut, Susi, versuch einigermaßen ruhig zu bleiben, ermahnte sie sich gedanklich und stellte erleichtert fest, dass man sie zumindest nicht vergewaltigt hatte.

Noch nicht, durchfuhr sie ein panischer Gedanke. Beim Aufprall hatte sie sich die Unterlippe aufgerissen, unterbewusst leckte sie das Blut ab. Ihr Blick huschte durch das Zimmer. Kniend versuchte sie, etwas Vertrautes zu erblicken.

Hoffnungslos. Hier gab es nichts, das ihr bekannt vorkam. Hier gab es sowieso so gut wie nichts. Das Feldbett, von dem sie hinuntergeklatscht war, stand direkt mit der Linken an einer kahlen Wand. In der Mitte des Raumes ein kleiner Campingtisch umgeben von drei dunkelgrünen Campingstühlen. Eine silbrige Metalltür schräg gegenüber. Unerreichbar. Und die hässliche Lampe mit der schwachen Glühbirne, die gerade soviel Licht abgab, damit man sich orientieren konnte, hing leblos von der niedrigen Decke. Außer ihr war niemand im Raum. Nicht schlüssig darüber, ob sie dies gut oder schlecht heißen sollte, setzte sie sich aufs Hinterteil, um an der Handschelle zu zerren. Keine Chance. Die eine Seite umgab ihren Knöchel, gerade so, dass sich das Metall nicht in ihr Fleisch ritzte. Das gegenüberliegende Pendant dazu war so an dem Feldbett verankert, dass auch ein Anheben des Selbigen nicht zu ihrer Bewegungsfreiheit führen würde. Panisch rüttelte sie am Feldbett, welches dadurch auch tatsächlich, mit metallischem Klappern, auf und ab pochte. Viel schien das zwar auch nicht zu bringen, aber dennoch keimte kurzweilig Hoffnung in ihr auf. Womöglich wäre es machbar, sich mit einiger Anstrengung inklusive des nervtötenden Klappergestells bis zur Tür zu ziehen. Immerhin bestand eine vage Chance, dass das Tor zur Außenwelt nicht abgeschlossen war. Auch wenn der Prozentsatz äußerst minimal war, musste sie es zumindest versuchen. Die fast nicht mehr zu steigernde Aufregung und ihre nicht zu zähmende Angst mobilisierten sämtliche Kraftreserven, die sie hatte. Zentimeter um Zentimeter kroch sie voran, das Bett im Schlepptau. Schweißausbrüche in sämtlichen Körperregionen.

Was war denn das für ein verdammtes Feldbett?

Sie hätte schwören können diese Dinger bestünden aus Aluminium. Dieses Format hier schien eine Extraanfertigung zu sein, sonst müsste sie sich nicht so abmühen.

»Nicht nachlassen Susi.«

Immer wieder feuerte sie sich selbst an, obwohl der Wunsch nach einer Verschnaufpause langsam aber sicher die Oberhand zu übernehmen schien. Kurz vor dem Campingstuhl kam sie ins Grübeln. Es wäre nicht genug Platz, um mit dem Bett den Tisch zu umrunden. Sie musste das Risiko eingehen, das Plastikgerümpel zur Seite zu werfen. Bisher hatte sie durch das Ziehen und Klappern noch keine Aufmerksamkeit erregt. Dennoch wollte sie jeden unnötigen Lärm vermeiden.

Sie konnte sich zwar auf die Beine stellen, aber weder das Bett ließ sich in dieser Haltung fortbewegen, zumindest nicht so erfolgreich wie bisher in sitzender, ziehender Position, noch würde sie den Tisch und die Stühle zur Seite tragen können, da sie wieder das klobige Anhängsel behindern würde. Es blieb also nur die Variante des Werfens, was unvermeidlich erneut laut vonstattengehen würde. Während des Abwägens kniff sie ihre Augen zusammen. Es dauerte nur einen Bruchteil einer Sekunde und der Beschluss stand fest. Sie richtete sich auf und ergriff den ersten Hocker, beugte sich vor und versuchte ihn knapp oberhalb des Bodens so weit wie möglich fortzuschmeißen.

Das Plastik trommelte auf den Beton und schlitterte weiter zur Wand, wo es mit einem dumpfen Schlag zum erliegen kam.

Gebannt starrte Susi zur Tür. Die Augen weit aufgerissen lauschte sie vor sich hin. Sekunden verstrichen. Nichts. Niemand schien etwas bemerkt zu haben. Ihr Puls raste und die nicht mehr blutende Lippe pochte, dafür waren ihre Kopfschmerzen verschwunden.

Hier ist doch niemand, redete sie sich ein, nicht ahnend, ob dies wirklich ein Vorteil wäre. Der Tisch würde mit Sicherheit noch mehr Krach veranstalten, aber ihn würde sie definitiv als Nächstes werfen, um die Anspannung etwas zu verkürzen. Keinen Hauch später katapultierte Susi das Vierbein in Richtung Boden vor der Wand. Erneutes angespanntes Abwarten. Wieder diese Stille. Nur der eigene Atem war zu hören und das Pochen ihres Herzens drang zum Trommelfell. Die Tür blieb geschlossen und die Blondine wirbelte, nun nicht mehr ganz so vorsichtig, die zwei verbliebenen Campingstühle zu deren Angehörigen. Der Weg zur Tür war frei. Hektisch ließ sich das verschwitzte Mädchen auf ihr Hinterteil fallen. Einem Ruderer, bei dessen Trockenbewegungen ähnelnd, schleppte sie sich voran. Immer abwechselnd ihren Körper und dann wiederum dieses verdammte Liegestück häppchenweise fortbewegend.

Komm jetzt Süße, noch ein bisschen und du hast es geschafft! Immer und immer wieder trieb sie sich selbst an. *Du verdammtes Stück Blech oder Eisen oder Stahl oder was auch immer,* beschimpfte sie gedanklich das hinter sich herziehende, quaderförmige und umfunktionierte Liegeteil, als ob es beseelt wäre und ihr durch etwas entgegenbringenden Verständnisses die Malocherei erleichtern würde. Susanne gönnte sich eine kurze Verschnaufpause, legte sich dabei, so gut es ihr möglich war, flach auf den kalten Boden und versuchte, mit ausgestrecktem Arm die Tür zu berühren. Eine Handbreite fehlte noch. Sie berappelte sich und holte die letzten zur Verfügung stehenden Energiereserven hervor. Hinterfragte sich zwischenzeitlich selbst, womit man sie betäubt hatte, denn es war ihr schleierhaft, warum sie sich so matt und ausgelaugt fühlte. Noch zwei Rucker und das Ziel wäre erreicht. Noch einer und sie könnte sich an der Tür anlehnen. Das letzte Kratzen des Metallgestells klang durch den Raum. Erschöpft ließ sich Susi rücklings gegen die Tür fallen.

»Bitte lieber Gott. Bitte. Lass die Tür nicht verschlossen sein. Ich verspreche dir, ich werde mich auch wieder mehr um meinen Vater kümmern.«

Sie sah ihren Paps, wie sie ihn liebevoll nannte, vor ihrem geistigen Auge. Traurig blickte er sie an und sie meinte seine Stimme zu hören, als stünde er direkt vor ihr, wie er sich, wie so oft in letzter Zeit, darüber sanft beklagte, sie müssten wieder etwas mehr Zeit zusammen verbringen. Er hätte sie ja so vermisst als sie des Studiums wegen nach Berlin gezogen war. Nun sei sie zwar wieder im heimischen Leonberg, doch sehen würden sie sich deswegen auch nicht unbedingt häufiger.

»Wenn du möchtest, werde ich auch das Studium wieder aufnehmen, oder falls du etwas anderes für mich vorgesehen hast, gib mir einfach nur einen Wink und ich werde diesen Weg einschlagen. Aber bitte Herr, bitte lass mich diese Tür öffnen«, fuhr sie fort.

Sie versuchte, ihre Lippen zu befeuchten, doch auch ihre Zunge war inzwischen staubtrocken wie abgenutztes Schmirgelpapier. Sie schloss die Augen, sprach ein letztes Stoßgebet und hob ihre rechte Hand in Richtung Türgriff. Als könnte sie erblinden, würde sie die Klinke anschauen, tastete sie durch die abgestandene Luft. Ihre Fingerspitzen berührten das glatte Metall. Mit einer festen Umklammerung erwischte sie den Hebel und zog ihn schleunigst nach unten. Ein leichtes Quietschen. Ein Hauch schien sich die Pforte des Glücks bewegt zu haben, bevor sie sich verkeilte. Susi riss die Augen auf. Den Türgriff fest umschlungen krachte sie mit voller Wucht ihren Rücken gegen das Hindernis. Ein lautes Krächzen gepaart mit einem quietschenden Geräusch verursachte in der jungen Frau ein Hochgefühl, als würde sie eine klassische Symphonie genießen. Ihr Oberkörper rauschte nach hinten. Kein Widerstand zu spüren. Sie konnte ihr Glück nicht fassen. Die Freiheit war greifbar nahe. Doch ihr Hochgefühl wurde jäh ausgebremst, als sie registrieren musste, dass sie nun in einem ebenso grauen, langgezogenem Flur lag. Rücklings auf dem Boden liegend sah sie eine schmale Fensterfront unterhalb der Decke verlaufen. Von draußen drang gelbliches Schummerlicht herein.

Es war Nacht.

In ihrer Verzweiflung fragte sie sich, ob noch derselbe Tag war, dieselbe Nacht, seit ihrer Entführung. Bei dem Gedanken an ihre Verschleppung überzog Gänsehaut ihren Körper. Oder war sie möglicherweise so lange benommen gewesen, dass sie nicht bemerkt hatte, wie die Zeit verstrich? Konnte sie mit Sicherheit wissen, ob es nicht schon Freitag oder Samstag war? Würde jemand nach ihr suchen? Ihrem Vater würde es frühestens am Montag auffallen, dass etwas nicht stimmen konnte, wenn er ihren Käfer auf seinem Parkplatz entdecken würde. In der Arztpraxis würde höchstens auffallen, dass nicht ordentlich geputzt wurde, und man ließe ihr einen Zettel hinterlegen, aber hinterhertelefonieren würde ihr mit Sicherheit niemand. Für das bevorstehende Wochenende hatte sie auch noch keine Verabredung, da sie sowieso nicht mehr allzu viele gute Bekannte in der Stadt hatte. Ihre beste Freundin, mit der sie in Berlin eine WG geteilt hatte, war für ein paar Tage nach Regensburg zu ihren Eltern gereist und für gewöhnlich hielt sie sich mit SMS-Nachrichten und Anrufen zurück, wenn sie ihre Verwandtschaft besuchte. Bis Montag hatte sie also schlechte Karten, dass ihr Verschwinden jemandem wirklich auffallen würde. Ihre Stimmung wurde noch etwas weiter getrübt, als sie an das verfluchte Bett dachte, mit dem sie unfreiwillig liiert war. Selbst wenn sie nun im Freien liegen würde, wie hätte sie das Bett durch den Türrahmen ziehen sollen? Zum ersten Mal seit ihrem Erwachen kullerten Tränen über ihre verschwitzten Wangen.

11

Stipe durchquerte zappelig sein Zimmer. Er lief von Wand zu Wand, als wolle er einen Eintrag ins Guinness-Buch der Rekorde erreichen. Das Headset aufgesetzt wartete er ungeduldig auf den inzwischen vertrauten Piepston, der ihm ankündigte, dass die Verbindung zu seinem Auftraggeber hergestellt sei. Wie sollte er nun vorgehen? Würde ihm sein Boss einige Informationen liefern? Wie würde er reagieren, wenn er ihm mitteilte, dass er mit dem Gedanken spielte, abzubrechen?

Keine Frage. Der Fremde hatte ihm einen gehörigen Schrecken eingejagt, einen schmerzhaften dazu. Wollte er überhaupt noch wissen, was hier vor sich ging? Wäre es ratsam, zu viel zu wissen?

Er konnte die Situation drehen und wenden wie er wollte: Dies schien eine klassische Zwickmühle zu sein.

»Was bin ich nur für ein Volltrottel«, schalt er mit sich.

»So schlecht ging es mir doch gar nicht, warum habe ich mich nur auf so eine Scheiße eingelassen? War doch abzusehen, dass etwas nicht stimmen konnte.«

Was auch immer dieses Etwas sein mochte, je mehr Stipe darüber nachdachte, umso verzweifelter wurde er.

Wie komm ich aus diesem Schlamassel nur wieder heraus?

Der Piepton drang endlich an sein Ohr. Nervös wartete Stipe auf die Stimme seines Vorgesetzten.

Es schien eine halbe Ewigkeit zu vergehen, bis die ersten Worte zu ihm durchdrangen.

»Herr Gudelj, wir haben nicht vor morgen mit einem erneuten Kontakt gerechnet. Was gibt es zu berichten?«

Stipe schluckte und biss sich auf die Unterlippe, nahm all seinen Mut zusammen und antwortete: »Hören Sie, ich weiß nicht genau wie ich ihnen das mitteilen soll… ähm… Ich habe Grund zur Annahme, dass ich ihr Jobangebot etwas zu voreilig angenommen habe. Ich… ähm… wie soll ich sagen? Ich möchte Ihnen für ihr entgegengebrachtes Vertrauen danken, aber ich denke, ich werde wohl morgen nach Hause fliegen. Das Geld, das Sie mir vorgestreckt haben, werde ich ihnen selbstverständlich zukommen lassen, Sie müssten mir nur mitteilen wann und wo.«

Gudelj versuchte, seine zittrigen Hände zu beruhigen, indem er sie zu Fäusten ballte. Dies schien zwar etwas zu helfen, doch seine innere Unruhe steigerte sich umso mehr. Krampfhaft spitzte er die Ohren. Warum kam nicht sofort eine Reaktion? Warum prallte ihm nicht sofort laute Empörung entgegen? Oder eine Drohung? Diese Stille war kaum zu ertragen. Doch jedes Schweigen wird irgendwann unterbrochen. Nach einigen Augenblicken hörte er seinen Auftraggeber mit ruhiger, bestimmender Stimme sagen: »Wir können natürlich verstehen, dass Sie in einer misslichen Lage sind, das tut uns ehrlich gesagt auch leid, dennoch müssen wir ihren Entschluss ablehnen. Sagen wir mal so. Es ist inakzeptabel. Sie haben ihre Entscheidung vor Tagen getroffen. Ein Zurück würde unsere Pläne durchkreuzen und das Projekt wäre zum Scheitern verurteilt. Sie können nicht wissen, welch katastrophale Folgen dies nach sich ziehen würde. Aber lassen Sie mich ihnen versichern, dass wir das nicht gestatten können. Es ist zeitlich gesehen zu spät für uns, um nach einem Ersatz zu suchen. Tut mir leid.«

Stipe lies sich auf sein Bett fallen. Hatte er wirklich mit Verständnis gerechnet? Nein. Doch eher nicht. Aber auch nicht mit einer so ruhigen Reaktion. Er musste direkter Vorgehen.

»Hören sie, mir wurde heute gedroht. Ja sogar verletzt hat man mich. Und ja, ich gebe offen und ehrlich zu man hat es geschafft, mich einzuschüchtern. Wieso in Gottes Namen sollte ich weiterhin an etwas teilnehmen, dass ich nicht verstehe und das mir nur Schwierigkeiten zu bringen scheint?«

»Ich verstehe, wie schon gesagt. Machen Sie sich keine Sorgen um ihre Gesundheit. Ich werde sofort veranlassen, dass ihnen Schutz zukommt. Ich muss auch gestehen, dass ich nicht damit gerechnet hatte, dass man Sie so schnell ausfindig machen wird. Das war dann wohl mein Fehler, wird nicht wieder vorkommen.«

Stipe rang nach Fassung. Das konnte doch nicht möglich sein. Die wollen mich tatsächlich um den kleinen Finger wickeln. Nicht mit mir. Nicht ohne Informationen, die etwas Licht ins Dunkel bringen würden. Und eine Garantie wäre von Nöten. Eine, die wasserfest war.

»…Ähm was? Schutz zukommen lassen? Wieso sollte ich mich darauf verlassen? Sie können mir schließlich alles Mögliche erzählen. Weiter bringt mich das sicher kein bisschen. Ich wollte eigentlich gar nicht erst zu viel wissen, aber in der jetzigen Lage brauche ich Infos, ich hoffe Sie verstehen. Ich brauche Beweise. Ansonsten sehe ich keine Veranlassung, warum ich hier mit meinem Leben spielen sollte.«

Stipe schien so, als könne er ein leises Schmunzeln vernehmen. So in der Art als würde das Gegenüber bei einer lustigen Bemerkung Atemluft durch die Nase entweichen lassen.

»Beweise also… Hmm… Infos… Nun gut. Wir wussten zwar, dass dieser Moment kommen würde, aber rechneten erst in Kroatien damit.«

»In Kroatien?«, warf Gudelj fragend ein.

»Das wird ihre nächste Anlaufstelle sein. Mit Professor McGregor.«

»Nächste Anlaufstelle? Unser Gespräch scheint sich so langsam im Kreis zu drehen. Ich werde keine weitere Anlaufstelle mehr haben, wenn Sie nicht endlich mit dem herausrücken was ich hören möchte.«

Stipes Nervosität schlug so langsam in Zorn um.

»Sie werden die Wahrheit nicht verstehen. Besser gesagt, Sie werden sie nicht verstehen wollen. Deswegen war es unsere Absicht, darauf zu warten, bis wir von Angesicht zu Angesicht stehen werden. Dann hätten Sie automatisch die Wahrheit, ihre gewünschten Informationen und die entsprechenden Beweise dazu. Alles in einem. Unwiderlegbare Beweise wohlgemerkt.«

Ungeduldig sprang der Halbkroate auf und stampfte erneut durchs Zimmer.

»Was soll denn das? Wovon reden Sie denn? Hören Sie: Ihre letzte Chance. Ich möchte sofort ohne Umschweife wissen, worum es hier geht. Wenn Sie mir ihre Identität nicht mitteilen wollen, kann ich gut damit leben, aber welcher Sache ich hier dienen soll, müssen Sie mir jetzt sofort mitteilen. Ansonsten packe ich ohne weitere Diskussion meine sieben Sachen und mach mich auf den Weg zum Flughafen. Das Headset werde ich auf der Straße, so gut es mir möglich ist, zertreten und in der nächsten Mülltonne entsorgen. Ich hoffe, Sie haben nun verstanden, wie entschlossen ich bin.«

Selbst etwas überrascht darüber, wie forsch er plötzlich seinem Auftraggeber entgegen polterte, wartete er erneut auf die Reaktion. Dieser schien sie sich gründlich zu überlegen, was wiederum dazu führte, dass sich Stipes kurz verdrängtes Unbehagen erneut bemerkbar machte. Was er aber dann zu hören bekam, ließ ihn zum einen erschaudern und zum anderen an der geistigen Gesundheit seines Geldgebers zweifeln.

»Das ist ein verdammt schlechter Scherz«, entgegnete ihm Gudelj ungläubig.

»Ich sagte bereits: Sie werden es nicht verstehen wollen. Nicht bis wir uns gegenüber stehen und wir es ihnen beweisen können.«

Der Stuttgarter Gastarbeitersohn war ein gläubiger Mensch. Keiner von der Sorte, die sich sonntags im Gebetstempel traf. Auch keiner, der Bibelforschung betrieb. Aber gläubig genug, dass er hin und wider mal ein Gebet vor dem Schlafen gehen sprach. In Kroatien war es zur Tradition geworden, vor dem Essen zusammen ein *Vater Unser* zu sprechen. Vor allem, wenn man Gäste hatte. Auch das konnte er fehlerfrei rezitieren. Nicht jeder hätte ihm dies zugetraut, aber dem war nun mal so. Aber was er hier zu hören bekam, entsprach nicht seinem Weltbild. In einer Hollywoodverfilmung wäre das okay. Hätte durchaus seinen Reiz. Aber in der Realität schien diese Behauptung, die sein Gehirn malträtierte, absurd. Um seinem Zuhörer mitzuteilen, was er von dessen Behauptung hielt, packte er eine Schippe Ironie aus.

»Sicher! Nun fühle ich mich besser. Sollte ich also weiterhin für Sie arbeiten, was Sie sich nun definitiv abschminken können, und sollte ich von diesem

Muskelpaket erneut angegriffen werden, dann könnte ich also darauf vertrauen, dass ein grünes Männchen auftaucht«, er lachte provokant laut auf.

»Oh Verzeihung, laut neuesten Ergebnissen seid ihr gräulich, ich glaube im Schnitt ein Meter sechzig groß und habt ´nen großen Kopf mit mandelförmigen Augen. Liege ich da richtig? Auf jeden Fall packt mein Beschützer dann irgendein Hightech-Gerät aus und setzt meinen Peiniger außer Gefecht.«

Kopfschüttelnd wartete er nun doch etwas gespannt auf die nächste irrwitzige Behauptung.

»Korrekterweise haben Sie erkannt, dass wir nicht grün sind. Ihre Vermutung bezüglich der sogenannten *Greys* ist dagegen völlig falsch. Diese sind, wie ihr es ausdrücken würdet, Cyborgs und seelenlos, werden aber nicht von uns eingesetzt und wurden auch nicht durch uns entwickelt, das tut hier aber nichts zur Sache. Wobei wir sehr wohl für die Schöpfung eurer Art verantwortlich, und zugleich auch noch eure Vorfahren sind. Da Ihr unsere DNA in euch tragt, können Sie nun im Umkehrschluss daraus folgern, dass wir so aussehen, wie ihr. Nur etwas größer, im Schnitt. Was aber wiederum durch eure Evolution nicht mehr sehr auffällig ist, da ihr euch uns der Größe betreffend immer mehr anpasst. Leider aber nur der körperlichen Größe und nicht wie gewünscht der geistigen.«

Gudelj rieb sich die Stirn.

»Wissen sie was? Sie sind durchgeknallt. Ich weiß zwar nicht, wie Sie an soviel Geld herankommen, um es so verschwenderisch herauszuschmeißen, aber wahrscheinlich haben Sie es geerbt. Eines Tages muss ihnen alles zu langweilig geworden sein und aus diesem Grund entwickelten sie ein krankes Psycho-Spiel, indem sie unschuldige Menschen wie mich verarschen und versuchen ihnen Angst einzujagen. Das würde mir zumindest einigermaßen ihre Vorgehensweise erklären.«

»Und wie erklären sie sich in dieser Variante ihren Bedroher?«

»Na ist doch ganz einfach: Er gehört zu Ihnen! Sie haben ihn beauftragt, mich einzuschüchtern, um dieses Spiel am Laufen zu halten«, bemerkte Gudelj nach kurzer Denkpause.

»Nun denn, wenn dem so wäre, was folgern Sie daraus? Was würde also geschehen, wenn Sie nun ihre Sachen packen und die Heimreise antreten?«

Gudelj kombinierte weiter. Sich immer sicherer werdend, die Sache durchschaut zu haben, zumindest teilweise.

»Na was sollte schon geschehen? Mister Glatzkopf hat mich dazu aufgefordert die Stadt, ohne McGregor zu verlassen. Von ihm hätte ich also nichts zu befürchten. Sie scheinen durchgeknallt zu sein, aber wenig bedrohlich. Wie schon gesagt, ich glaube, Sie sehen dies als Spiel an. Ich denke, ich habe gewonnen«, grinste er verschmitzt.

»Wenn ich ihnen nun sagen würde, dass die Gegenseite, denen ihr Verfolger angehört, nicht daran interessiert ist, Sie lebend zu sehen. Was würden Sie daraus schließen?«
Gudelj schüttelte ungläubig den Kopf, seinen Gesprächspartner nicht mehr ganz ernst nehmend.

»Ich würde daraus schließen, dass Sie ihr Spiel am Laufen halten wollen, Okay? Genug geschwafelt. Ich werde mich nun von ihnen verabschieden. Suchen Sie sich bitte einen Psychiater. Glauben Sie mir, egal wie viel Moneten Sie haben, es würde ihnen sicher nicht schaden.«
Gudelj riss sich das Headset vom Kopf. Einige Augenblicke lang starrte er gedankenverloren vor

sich ins Leere, schüttelte abermals seinen Kopf und stellte sich selbst einige Fragen.

Das Geld kann ich, glaub ich, behalten, oder? Ich hab nicht den Eindruck, als würde sich dieser Spinner die Mühe machen es zurückzufordern. Soll ich gleich abreisen? Ian machte wirklich einen sympathischen Eindruck. Und wenn er so versessen auf 'nen Kroatien Trip ist, warum sollte ich ihm nicht ein paar Tipps geben? Auch morgen herrscht Flugverkehr. Flieg Stipe flieg.

Er ertappte sich dabei, wie er rumzublödeln begann. Komisch. Der Ballast war abgefallen und er fühlte sich gut.

Auf geht's! Mal schauen, ob der Alte nen guten Tropfen Whisky zuhause hat, bevor seine bessere Hälfte, mitsamt den Kiddies, hier wieder herumturnt.

Der Entschluss war schnell gefasst und Stipe wollte den Abschied schnell mit dem schottischen Nationalgetränk begießen.

12

Susanne Gerling saß regungslos auf dem Feldbett. Sie hatte zwischenzeitlich mit lautem Rufen versucht, auf sich aufmerksam zu machen, doch dies wurde nicht mit Erfolg gekrönt. Einige Zeit lang versuchte sie durch die Fenster unterhalb der Decke etwas zu erblicken, das sich fortbewegte. Doch kein Mensch lief hier vorbei. Einmal zuckte sie kurz zusammen, als eine herumlungernde Katze mit ihrem Schwanz gegen die Scheibe klopfte. In ihrer Verzweiflung schrie sie der Katze entgegen, sie solle Hilfe holen. Ja, sie flehte sie sogar an. Bis ihr klar wurde, wie lächerlich dieser Versuch war. Sie kapitulierte. Warum sie? Wer wollte ihr das antun? Was wollte man ihr antun? Wenn es um Geld ging, konnte sie doch kaum die richtige Person sein. Sicher, ihrem Vater ging es nicht schlecht. Vielleicht sogar überdurchschnittlich gut, aber zu der ganz hohen Klasse gehörte er doch nicht. Nicht, dass sie wüsste.

War sie doch an einen Sexualverbrecher geraten? Es schien egal zu sein, welche Kombination die richtige war. Keine davon schien für sie ein gutes Ende nehmen zu wollen.

Ein lauter Knall. Susi zuckte zusammen. Sie richtete den Blick in Richtung Ende des Flures, wo er einen Knick nach rechts machte. Was dahinter war, konnte sie nur vermuten. Noch ein Geräusch. Ein metallenes. Deutlich näher als der vorangegangene Knall. Zweimal schnell hintereinander eine Art klicken, so als würde jemand eine Tür aufschließen. Quietschen. Knall. Ja. Dies war das unverwechselbare Geräusch einer Tür, die geöffnet und kurz darauf zugeschlagen wurde. Sie hörte Schritte näher kommen. Das Herz schien ihr aus der Brust springen zu wollen.

Goodbye Paps, ich hab dich lieb.

Dies war der einzige vernünftige Gedanke, den sie vernehmen konnte. Sie hatte abgeschlossen. Mit sich und der Welt da draußen. Die letzten Stunden hatten sie ausgelaugt. In Gedanken zog sie den imaginären Hut vor allen anderen Opfern auf diesem Planeten die so eine, oder eine ähnliche Situation über Tage, Wochen oder in den extremsten Fällen sogar über Jahre durchstanden. Sie würde nicht zu dieser Kategorie gehören. Sie war nur ein kleines, junges, feiges Mädchen.

Alles, was sie in diesem Moment zu fühlen glaubte, war: Angst! Schwäche! Feigheit!

Was dann geschah, riss sie förmlich zurück aus der tauben Depression in das Hier und Jetzt. Eine Stimme drang zu ihr vor, bevor sie jemanden sichten konnte. Keine Stimme, mit der sie in dieser Situation gerechnet hätte. Dies hier war eindeutig und mit absoluter Sicherheit die Stimme einer Frau. Diese Szenerie schien ihr noch unglaubwürdiger als alles Vorangegangene. In ihrem Schädel begann es zu rattern. Eine Frau. Ja, eine Frau. Kein Sexualverbrecher. Nein, dies würde kein Sexualverbrechen werden. Ok. Die Bedrohung lag noch immer in der Luft und dennoch empfand sie diesen Moment hoffnungsvoller als noch vor ein paar Sekunden. Jetzt würde sich die Situation auflösen. So oder so. Das Warten nahm ein Ende.

»…Susanne Gerling?«, drang es erneut zu ihr ans Ohr.

Die Frauengestalt kam um die Ecke zum Vorschein und schnellen Schrittes auf sie zu.

»Kleines, verzeih mir. Du musst dich nicht fürchten. Dies vorweg. Ich werde versuchen, dir die Situation zu erklären.«

Während die etwa ein Meter siebzig große Frau sprach, holte sie eine Plastikflasche, mit Mineralwasser darin, aus ihrem umgehängten Stoffbeutel. Als sie sich fast in Susis Reichweite befand, kochte die ganze Wut und Verzweiflung in der Angeketteten auf. Unüberlegt schoss sie empor und begleitet von einem panischen Schreikrampf fuhr sie ihre, teilweise abgebrochenen, nicht mehr ganz so roten, lackierten Fingernägel aus. Die durch ihren Fluchtversuch schmutzig gewordenen Hände griffen ins Leere. Das verfluchte Bettgestell ließ ihr keinen Spielraum. Zumindest nicht den Notwendigen. Erstaunlich gefasst blieb die Fremde wie angewurzelt stehen und wartete geduldig ab, bis sich die Blondine ausgepowert hatte und endgültig entkräftet zurück auf ihr Feldlager sank.

»Kann ich nun näher kommen, oder muss ich damit rechnen, erwürgt zu werden?«
Fassungslos starrte Susi die vor ihr stehende Person an.
Sie schrie: »Wie bitte? Hat ihnen jemand den Arsch aufgerissen? Verflucht noch mal wo bin ich hier? Haben Sie mich hier festgekettet wie eine Sklavin? Falls ja, dann verrecke, Drecksschlampe!«

Fast zeitgleich mit ihrem Wutausbruch kam die Verwunderung darüber, wie sie sich äußerte. Dies war nicht ihr Umgangston und selbst in dieser Lage, in der sie sich befand, überraschte sie sich selbst. Doch bevor sie abwägen konnte, ob es vorteilhaft oder schädlich war, wie sie auf die Neue reagierte, warf diese ihr die Plastikflasche entgegen. Ohne zu zögern, drehte Susi den Verschluss auf und schluckte gierig den Durstlöscher hinunter. Niemals vorher hatte Wasser so einen süßen Geschmack.

»Nicht so hastig Kleine. Trink langsam.«
Nicht ganz so forsch wie zuvor, entgegnete ihr Susi, sie würde so schnell trinken, wie es ihr beliebt. Ohne erkennbare Mimik fuhr ihre Peinigerin fort:

»Wir haben zwei Möglichkeiten. Erstens: Du versuchst, dich zu beruhigen, und ich erkläre dir die Sachlage. Oder aber zweitens: Du fährst mit deinen Beschimpfungen fort und ich komme in ein paar Stunden wieder. Wie entscheidest du dich?«
Susanne versuchte, ihre Gedanken zu ordnen. Einen Gang runterschalten musste sie so oder so. Erneut ein paar Stunden alleine in diesem kalten Dunkel zu verbleiben erschien die schlechtere Variante zu sein. Zudem würde es unerträglich sein

weiterhin ahnungslos zu bleiben. Ihr blieb eigentlich gar keine andere Wahl, als zuzuhören.

»Ich höre zu«, entgegnete Susi leise und mit gesenktem Blick.

»Wir haben dich entführt, damit du nicht entführt wirst«, behauptete die Entführerin standhaft, ruhigen Tones.

Mit verdutzter Miene stierte Susi sprachlos in das Gesicht der kurzhaarigen Frau. Selbige ließ die gesprochenen Worte einen Moment lang im Raum stehen. Mit verschränkten Armen hinter ihrem Rücken fuhr sie dann aber fort: »Wir halten dich also nur zu deinem eigenen Schutz hier fest.«

Was ging hier vor sich? Wie surreal war das alles? Ob sich selbst zu zwicken wirklich ein Beweis dafür wäre, nicht zu träumen? Nein, dies war kein Traum. Sie konnte sich nicht daran erinnern, in einem Traum jemals etwas gerochen zu haben. Hier roch es leicht nach Schimmel und ein wenig vermodert.

»Zu meinem eigenen Schutz also«, wiederholte Susi das soeben Gehörte, als wolle sie sich dadurch selbst vom Wahrheitsgehalt überzeugen.

»Wenn dies der Wahrheit entsprechen sollte, dann erklären Sie mir bitte, vor wem oder was Sie mich beschützen wollen? Und ich würde liebend gerne wissen, warum Sie mich dazu betäuben, entführen und festketten mussten?«

»Weil wir keine andere Möglichkeit sahen, dich davon zu überzeugen, dass es notwendig ist, dass du die nächsten Tage von der Bildfläche verschwindest. Des Weiteren sind wir nach wie vor der Ansicht, dass du uns keinen Glauben geschenkt hättest, wären wir auf herkömmlichen Wege auf dich zugegangen.«

Susi schluckte und hakte fassungslos nach: »Und was ist nun die Wahrheit? Warum hätte ich Sie ihrer Meinung nach ignoriert, wenn Sie versucht hätten, mir das schonungsvoller beizubringen. Und wer seid *Ihr* eigentlich? Wo ist der Kerl, der den Lieferwagen fuhr?«

Es war schwer, einzuschätzen, was überwog: Wut, Frust oder die immer noch vorhandene Angst.

»Ich denke, am besten wird es sein, dir alles direkt mitzuteilen. Jegliche Umschreibungen würden dich nur noch mehr verwirren. Einfach wird es trotzdem nicht werden, mir auf Anhieb zu glauben.«

»Vielleicht würden Sie etwas glaubhafter wirken, wenn Sie mir als Erstes die Fußfessel abnehmen würden, aber bitte, die Reihenfolge überlasse ich in diesem Fall gerne ihnen«, erwiderte die immer noch Angekettete trotzig.

Erst jetzt veränderte die Stehende ihre Position, indem sie sich mit dem Rücken an die Wand lehnte. Sie zog die Augenbrauen hoch und schien nach den passenden Worten zu suchen. Susi wurde ungeduldig, nahm sich aber diesmal zurück.

»Wir können dir garantieren Kleines, dass du entführt werden sollst. Wir kennen Zeit und Ort. Würde dies aber geschehen, hätte das negative Folgen in Bezug auf die Zukunft der gesamten Menschheit auf diesem Planeten.«

»Was?«, platzte es aus Susi heraus. Übertrieben langgezogen ausgedrückt, um ihren Unglauben zu untermauern.

»…die ganze Menschheit also. Ok. Ganz langsam. Sie können mir das sicherlich deutlicher erklären, nehme ich an.«

Noch während Susi sprach, erinnerte sie sich an verschiedenste Dokus und Filme, in denen es um Verhandlungen mit Kidnappern ging. Versuchen, ihr Vertrauen zu erschleichen. Dem Entführer das Gefühl geben, ihn zu verstehen. Das sogenannte Stockholm-Syndrom. Dadurch das Risiko minimieren, dass es zu einer Kurzschlussreaktion mit bösen Folgen kommt. Sie musste hier also taktisch vorgehen. Sie würde versuchen, einen sanften Ton einzuschlagen und sich mehr von der Irren anhören. Sollte die Situation nicht allzu gefährlich wirken, würde sie einen Fluchtplan entwickeln.

»Wir sind durch die Zeit gereist, um dies zu verhindern. Wir kommen aus der Zukunft und dienen der Regierung.«

Oh mein Gott! Diese Tante kommt direkt aus der Klapsmühle. Wieso nur musste sie gerade mich auswählen?

»Welcher Regierung? Gehört ihr zu den Amis? Den Israelis? Russen? Chinesen?«
Susi musste das Gespräch am Laufen halten, ohne dass diese kranke Person das Gefühl bekommen würde, was sie tatsächlich von ihrem Märchen hielt.
»In unserer Zeit gibt es diese Staaten nicht mehr. Es herrscht die *Neue Weltordnung*, wie wir es nennen. Der ganze Planet ist, wenn du so willst, ein Staat.«
Sicher und George W. Bush war der Wegbereiter. Obama der Antichrist und der kommende US-Präsident der Vollender.

»Und was hat das nun mit mir zu tun?«, fragte Susanne nach, ohne dass ihr ihre Skepsis anzumerken war.

»Ohne deine Person herabsetzen zu wollen, hat es indirekt mit dir zu tun. Wenn du von den anderen entführt werden solltest, würde es erst gar nicht zu einem, geschichtlich gesehen, wichtigen Ereignis kommen. Du wirst in einen Vorfall verwickelt werden der, wie nun schon mehrfach erwähnt, geschehen muss, um die Ordnung aufrecht zu erhalten.«

»Sorry, ich glaube, ich kann immer noch nicht ganz folgen. Was für ein Ereignis und wer sind dann die Anderen, wenn ihr Zeitreisende seit?«
Die scheinbare Psychopathin kniff die Augen zusammen und flüsterte: »Es sind die Götter! Die Außerirdischen! Unsere Schöpfer!«
Susanne versuchte es mit aller Kraft zu unterdrücken, aber es gelang ihr nicht, ihre Fassung zu bewahren.

»Wie bitte? Wo soll das denn hinführen? Zeitreisende verschleppen mich, damit mich die Aliens nicht schnappen, die auch noch unsere Schöpfer sein sollen?!« Susi rieb sich die Stirn. Kurz darauf schüttelte sie voller Unglauben den Kopf.

»Das ist der Grund. Ja. Wir wussten schon, dass du so reagieren würdest. Wenn wir dich vom Wahrheitsgehalt in Form von Beweisen überzeugen könnten, würdest du uns dann freiwillig die nächsten Tage zur Verfügung stehen?«

»Wie wollt ihr mir so eine Story beweisen?«

»Das werde ich dir zeigen«, antwortete die Frau, drehte sich weg und lief in die Richtung, aus der sie gekommen war.

»Hey… wo gehst du hin?«, rief ihr Susi hinterher, nicht ahnend, was als Nächstes kommen sollte.

13

In einem Vorort Edinburghs drehte Irene den Zündschlüssel herum. Der Motor ihres metallicgrünen Audis startete ohne Murren. Sie blickte durch den Rückspiegel zu den McGregor-Mädchen, die gerade dabei waren, sich anzuschnallen.

»Na ihr Süßen, wie war euer Violinenunterricht?«, erkundigte sie sich.

Die Schwestern plapperten wild durcheinander, was Irene zum Schmunzeln brachte. Ihr Handy klingelte. Betti McGregor erkundigte sich, ob die Mädels abholbereit wären, und fragte nebenbei, ob es ihr möglich wäre, sie auf dem Heimweg noch von der Vorlesung abzuholen, da es sowieso nur einen Katzensprung von ihrem jetzigen Standort entfernt wäre. Danach könnten sie noch gemütlich einen Tee und etwas Gebäck bei den McGregors zu sich nehmen.

»Selbstverständlich, Betti. Und nein, es macht mir keine Umstände. Du weißt, dass ich das gerne tue.« Keine fünfzehn Minuten später begrüßten sich Irene und Betti mit Wangenküsschen. Ihren Töchtern schickte sie vom Beifahrersitz aus Luftküsse zu und malte ein unsichtbares Herz in die Luft.

»Wie war dein Tag Betti, lass hören und wie geht's Ian?«

Betti lächelte.

»Ian wird so langsam wieder der Alte, wobei er sich seit gestern etwas komisch verhält. Er scheint etwas im Schilde zu führen. Mit einem unserer Gäste besucht er ein Lokal, sodass ich nicht davon ausgehe, dass wir ihn schon zu Hause antreffen werden. Aber dafür können wir dann in Ruhe tratschen.« Sie kicherte, wobei sich ihr Irene anschloss.

Irene verließ die Parklücke noch vor dem sich herannahenden Autobus und nach etwa einem Kilometer bog sie an der nächsten Kreuzung nach links ab.

Kurz darauf musste sie ihren Audi zum Stehen bringen.

»Komisch. Was ist denn hier los? Normalerweise staut es sich in dieser Gegend doch gar nicht«, kommentierte Betti das sichtliche Verkehrschaos.

»Ich weiß auch nicht, im Radio haben sie nichts gebracht«, erwiderte Irene.

Die jüngere der beiden Töchter stupste ihre Mutter von hinten an, welche sich darauf zu ihr herumdrehte.

»Mum, schau mal. Ganz viele Polizisten.«

Die kleine Amy deutete mit ihrem ausgestreckten Zeigefinger durch die Windschutzscheibe. Alle vier blickten nun nach hinten, wo in diesem Moment der Bus zum stehen kam. In Fahrtrichtung rechts eilten mehrere Polizisten den Bürgersteig entlang. Vor ihnen standen die Fahrzeuge komplett still und hinter ihnen kam der Verkehr zum Erliegen.

Irene drückte den Knopf des automatischen Fensterhebers und die Scheibe zu ihrer Linken fuhr geräuschlos herunter.

»Sir, können sie uns sagen, was hier vor sich geht?«

Ein uniformierter Polizist, der es scheinbar nicht ganz so eilig hatte, wie seine Kollegen vor ihm auf der anderen Straßenseite, trat an das Auto heran.

»Guten Abend Madam. Sie können den Motor vorerst abstellen. An der nächsten Kreuzung hat sich ein schwerer Verkehrsunfall ereignet. Sie werden sich wohl oder übel etwas gedulden müssen.«

»Können sie den Verkehr denn nicht umleiten?«, hakte Irene nach.

»Nach vorne ist es nicht möglich, da mehrere Einsatzfahrzeuge die gesamte Straßenbreite benötigen, zumindest die Fläche, die nicht von den ineinander verkeilten Autos versperrt ist. Und nach hinten wird es noch ein Weilchen dauern, da es sich schlagartig verstopft hat. Ist wie ein Nadelöhr hier«, gab der Polizist Auskunft.

»Gütiger Gott. Gab es Schwerverletzte?«

»Damit müssen wir rechnen, aber Genaueres kann ich ihnen auch nicht mitteilen.«

Betti beugte sich herüber, um den Polizisten besser sehen zu können.

»Können sie denn einschätzen, wie lange es ungefähr dauern wird? Ich würde gerne meinem Mann Bescheid geben, aber mein Handyakku hat soeben den Geist aufgegeben.«
Irene zog ihr Handy aus der Ablage zwischen ihr und Betti und hielt es ihrer Freundin entgegen.

»Tut mir wirklich leid, aber bis sich hier alles geregelt hat, können auch ein oder zwei Stunden vergehen.«
Betti gab verärgert so etwas wie *Funkloch* von sich.
Der Polizist lugte durch die Scheibe.

»Madam, wenn sie möchten, können sie mir die Nummer ihres Gatten geben und ich kümmere mich persönlich darum. Ich muss dann wieder nach hinten, um vorübergehend den Verkehr zu regeln, bevor es zu große Ausmaße annimmt.«
Kurz darauf verschwand der nette Freund und Helfer mit einem Zettel in der Hand, auf dem mit Lippenstift Ian McGregors Telefonnummer aufgeschrieben war.

14

Ian und Stipe stießen die beiden halbgefüllten Whiskeygläser aneinander. Etwas redselig, des Alkohols wegen, genossen sie die ungezwungene Zweisamkeit und ihr Gespräch. Stipe schien sichtlich erleichtert zu sein. Ab jetzt würde er sich auf keine zwielichtigen Spielchen mehr einlassen. Das hatte er sich geschworen. Er kam auch so ganz gut über die Runden und es war Zeit, erwachsen zu werden. Das Telefon klingelte. Ian entschuldigte sich und begab sich zum Apparat. Der Kroate paffte runde Kringel in die Luft. Diese kubanischen Zigarren kamen ihm wie purer Luxus vor. Sehr freundlich von dem Professor, ihm eine anzubieten.

»Stipe mein Freund. Der Anruf ist für Sie«, lächelte ihm Ian zu.

»Für mich?«, fragte Gudelj verwundert nach, "Wer ist es denn?"

Grinsend, auf die Art und Weise, als wüsste man etwas, von dem der andere noch nichts ahnte, erwiderte sein schottischer Gastgeber kurz und knapp: »Mir scheint so, als hätte ihr Boss eine freudige Überraschung parat.«

Stipe sprang auf, ohne Anstalten zu machen, seine Besorgnis zu verbergen. Böse Vorahnung machte sich in ihm breit.

Er drückte den Hörer an das Ohr.

»Sie können das Spiel nicht verlassen. Nicht einfach so. Da ich Sie nicht von der Wahrheit überzeugen konnte, muss ich ihnen Folgendes mitteilen. Die McGregor-Frauen kommen erst wieder nach Hause, wenn Sie bereit sind zu kooperieren. Schauen Sie auf die Uhr. Nicht verwundert, dass die Mädchen noch nicht zu Hause sind? Bereiten Sie ab jetzt alles für den Flug nach Kroatien vor. Flughafen Rijeka.«

Der Hörer klebte noch förmlich an Stipes Ohr, als schon längst nur noch ein Dauertuten zu hören war.

Willkommen zurück im Teufelskreis, Vollidiot.

»…schon erstaunlich, nicht wahr? Da fragt man sich doch wirklich, ob manche Dinge nicht vorherbestimmt sind. Ich verspüre das Bedürfnis, mich für ein paar Tage zurückzuziehen und finde den Gedanken reizvoll, dies auf einer kroatischen Insel zu tun, und genau zu diesem Zeitpunkt lerne ich Sie kennen! Und am erstaunlichsten finde ich die Entwicklung, dass ich soeben ihren Chef sprechen durfte, der mir eröffnete, Sie müssten nächste Woche nach Kroatien fliegen, dienstlich. Hätten aber bis zu ihrem Dienstantritt dort, Urlaub. Wie gedenken sie ihre unvorhergesehenen freien Tage zu nutzen?«, lächelte Ian.

»Kroatien, denke ich«, erwiderte Gudelj mit sorgenvoller Mine.

»Verzeihen Sie mir Stipe, mir scheint, als bedrücke Sie etwas. Freuen Sie sich denn nicht darüber?«, wunderte sich der Professor.

»Doch, doch. Sicher«, lächelte Gudelj zwanghaft.

Eine Stunde später kam Mrs. McGregor in Begleitung ihrer Freundin Irene und den Töchtern Rebecca und Amy zu Hause an. Stipe stellte erleichtert fest, dass sie in bester Verfassung zu sein schienen. Das wilde Geplapper beinhaltete Wortfetzen folgender Art: Unfall, Funkloch, Polizist, Telefon.
Der Kroate versuchte, die Puzzleteilchen zu kombinieren, doch wie das nun mal so ist, wollte das ganze Bild noch nicht recht zum Vorschein kommen. Als er sich vorgeblich langsam zu Bett

gesellen wollte, verabschiedete er sich. Es war reichlich spät geworden. Die Kinder lagen längst im Bett und Stipe wurde bewusst, dass er wohl noch einmal Kontakt aufnehmen müsse, um weitere Instruktionen aufzunehmen. Der Professor begleitete ihn nach oben und überraschte Stipe wie aus heiterem Himmel.

»Es ist mir tatsächlich etwas unangenehm sie zu fragen, vor allem, da ich mich mit meiner Frau noch gar nicht gesprochen habe, aber… würde es ihnen missfallen, wenn ich Sie nach Kroatien begleite? Ich meine, Sie müssten sich dort nicht um mich kümmern. Ich denke, ich weiß schon, wo es mich hinzieht. Eventuell könnten Sie mir nur bei der Ankunft etwas behilflich sein, der Sprache wegen, aus organisatorischen Dingen eben. Verstehen sie?«

Stipe schaute ihn deutlich verdutzt an.

»Das ist etwas kurzfristig, meinen sie nicht auch? Aber, sicher, ja. Ich denke, das ließe sich einrichten.«

Ian schien zufrieden, ja sogar beglückt.

»Fein, wir sehen uns beim Frühstück. Ich mache mich daran, Betti schonend beizubringen, dass ich die nächsten zwei Wochen auf Abenteuerurlaub gehe«, verabschiedete sich McGregor motiviert und energiegeladen, als wären Burnout und Depression Fremdworte.

15

Stuttgart, 4.00 Uhr morgens. Schumacher wälzte sich auf seiner Couch hin und her. Sein Bett diente nur noch als Attrappe. Es wollte ihm nicht gelingen, bis zum Tiefschlaf vorzudringen. Zu viele Gedanken zermaterten sein Gehirn.

Wie ernst konnte er die Videobotschaft nehmen? Normalerweise hätte er diesen Vorfall, ohne zu überlegen, als Schwachsinn abgetan, doch seinen Traum auf dem Monitor zu sehen, untermauerte den Wahrheitsgehalt. Er konnte rätseln, soviel er wollte, eine Lösung war nicht in Sicht.

Was hast du zu verlieren? Frau weg, Job weg, Freunde weg! Wie lang kannst du so noch vor dich hinvegetieren? Bald wirst du auf der Straße landen, sollte sich die Situation nicht durch ein Wunder ändern. Und Wunder gibt es nicht. Oder Suffkopf?

Er öffnete die Augen. Nein, an Schlaf war nicht zu denken. Unmöglich. Er warf die Decke zur Seite und setzte sich.

Guten Morgen Deutschland.

Er nahm eine Zigarette und zündete sie an. Wie viel Zeit hatte er noch?

Eine Entscheidung musste fallen. Wer mochten diese Leute sein? Sollten sie aus unerfindlichen Gründen tatsächlich sein Sterbedatum kennen, hätte er rein gar nichts mehr zu verlieren. Die Neugierde und der Selbsterhaltungstrieb gewannen Oberhand.

»Also Kapputnick, einmal etwas richtig machen, schaffst du das?«, befragte er sich selbst.

»Was soll's du Wrack, vermissen wird dich eh niemand und einmal Risiko im Leben kann auch nichts mehr zerstören. Ok, ihr großen Unbekannten, ich bin dabei.«

Sein Monolog wurde durch das Klingeln des Handys unterbrochen. Verwundert schaute Franz auf die Uhr. Kurz nach 04.00 Uhr. Unterdrückte Nummer.

»Ja?«, meldete sich Schuhmacher.

»Sie haben sich entschieden?«, vernahm er die Frauenstimme, es schien dieselbe wie im Videoclip zu sein.

»…aber woher?… Sagen Sie mal, haben Sie Kameras bei mir installiert?«
Franz blickte suchend durch den Raum. Entdecken konnte er nichts.

»Da Sie die richtige Wahl getroffen haben, sollten wir keine Zeit verlieren. Hören Sie mir nun gut zu: Machen Sie sich frisch und packen Sie nur das Nötigste an Klamotten ein. Hygieneartikel bekommen Sie von uns und Geld brauchen Sie keins. Nehmen Sie ihren Personalausweis oder Reisepass mit. Haben Sie alles verstanden?«, vergewisserte sich die Unbekannte.

»Hmm… ich bin mir zwar nicht sicher, ob es klug ist aber…«.

»Franz beeilen Sie sich, Sie werden in zwanzig Minuten abgeholt. Vertrauen Sie mir. Auch wenn ich blindes Vertrauen verlange, ist es nur zu unser aller Besten.«
Die Verbindung erlosch. Wohlwissend, dass dies eine irrationale Entscheidung war, raffte sich Franz auf und versuchte tatsächlich, so schnell wie möglich eine Katzenwäsche durchzuführen, eine

Sporttasche zu packen, in die er vorsorglich unter anderem auch eine Stange Kippen warf, und nebenbei einen Espresso durch die Kaffeemaschine laufen zu lassen. Sicherheitshalber kramte er seine letzten Ersparnisse aus der Zuckerdose, die er ganz hinten im Hängeschränkchen aufbewahrte. 137,48€. Nicht gerade ein Vermögen, aber sollte irgendetwas geschehen, das ihn zur Heimfahrt bewegen würde, könnte man ihn nicht dadurch abhalten, weil er kein Geld dabei hätte. Und es würde ja wohl kaum ans andere Ende der Welt gehen. Vor Ablauf der Frist wartete er gebannt auf das Kommende.

An seiner Wohnungstür klopfte es dreimal kurz hintereinander. Franz drückte seine Kippe im Spülbecken aus und löschte die Küchenlampe. Zittrig steckte er den Geldbeutel in seine Hosentasche, hob die Sporttasche vom Boden und fasste sich noch einmal in die Innentasche seiner schwarzen Jacke, um sich zu vergewissern, dass er seinen Reisepass nicht vergessen würde. Alles bereit. Er schnaufte tief durch und ging zur Eingangstür. Gespannt drehte er den Schlüssel herum und konnte es kaum erwarten, zu sehen, wer ihm gegenüber stehen würde.

»Bereit?«, fragte der ernst dreinschauende Mann, der mit seinem schwarzen Schnauzbart und seinem Seitenscheitel so aussah, als wäre er direkt dem Jahre neunzehnhundertachtzig entsprungen. Schuhmacher nickte wortlos und musterte den Fremden vom Scheitel bis zur Sohle.

»Dann lass uns gehen, wir haben es eilig. Du kannst mich Pierre nennen.«

»Franz«, erwiderte Schuhmacher.

»Ich weiß«, entgegnete ihm Pierre und gab ihm durch einen Wink zu verstehen, dass es Zeit war, aufzubrechen.

»Wo soll's hingehen?«, erkundigte sich Franz, während sie die Stufen des Treppenhauses hinabgingen.

»Später. Unterwegs, im Auto, werde ich dir einiges erklären.«

Erneute Geheimniskrämerei. Nun gut. Dann würde er sich eben noch etwas gedulden. Ewig konnte es ja schließlich nicht so weiter gehen. Zumindest schien sein Abholdienst nichts Bösartiges auszustrahlen. Er sah eben nur etwas komisch aus, befand Schuhmacher. Der Kragen von Pierres Hemd erschien überdimensioniert und erinnerte Franz etwas an die Siebziger-Jahre-Trends.

Ein wirklich komischer Kauz, dieser Pierre. Zwei Häuserecken weiter stiegen sie in einen fetten Mercedes mit getönten Scheiben. Französisches Nummernschild. Innen drin schwarzes Leder und Holzarmaturen. Es roch nach Vanille, der durch das gelbe Tannenbäumchen verströmte Duft kitzelte etwas in Schuhmachers Nase. Franz startete einen neuen Versuch, während Pierre den Wagen durch Stuttgarts kaum befahrene Straßen lenkte. Vielleicht noch eine Stunde und der morgendliche Berufsverkehr würde das Bild komplett auf den Kopf stellen.

»Wofür brauche ich meinen Reisepass?«

»Wir müssen noch jemanden abholen und fahren dann ins Ausland«, gab ihm Pierre ohne jegliche Gefühlsregung zur Antwort.

»In welches Land? Und wer kommt noch mit?«, hakte Franz nach, froh darüber, überhaupt mal eine winzige Auskunft zu bekommen.

»Kroatien. Und eine junge Frau wird uns begleiten.«

Franz schaute den Fahrer von der Seite an, der gerade die dreispurige B10 befuhr. Vorbei an Stuttgart-Zuffenhausen in Richtung Vaihingen/Enz - Pforzheim.

»Zu den Jugos? Was wollen wir denn dort? Und wer ist die Frau, die uns begleiten wird?«

Franz gehörte noch zu der Sorte, für den alle Südslawen Jugos waren. Dass dort nun schon seit über zwanzig Jahren Grenzen zwischen den einzelnen Staaten Ex-Jugoslawiens verliefen, war für ihn immer noch nicht vorstellbar und interessierte ihn auch nicht sonderlich.

»Dort halten sich die Leute auf, die Sie treffen sollen. Die Leute, die daran interessiert sind, dass Sie am Leben bleiben. Genau so, wie die junge Frau.«

»Und die wäre…? Hat denn die Frau wenigstens ein paar Informationen mehr wie ich?«, wollte er angesäuert wissen.

»Nein! Sie weiß noch nichts von der Reise«, gab Pierre kurz und trocken zu verstehen.

»Ach. Und wie wollen Sie sie dann zum Mitkommen bewegen?«

»Indem ich sie davon überzeugen muss, dass wir *die Guten* und ihre Entführer *die Bösen* sind.«

Hatte er sich verhört? Sagte er tatsächlich Entführer? Dies schien nun mal ganz und gar nicht harmlos zu sein. Franz wollte weitere Details erfahren, doch Pierre schwieg beharrlich und lies eine CD laufen. Französischer Chanson brachte die Fragerunde zum Erliegen.

16

»Strecken Sie ihre Hände vor«, forderte die Kurzhaarige Susi auf.

»Wieso das denn?«, erschrak Susanne.

»Ich bringe Sie hier raus, aber ich kann ihnen leider noch nicht genug vertrauen und muss ihnen deshalb diese Handschellen anlegen.«

Sollten das die angekündigten Beweise sein? Na ganz toll. War sie nur weggegangen, um ein Neues paar Knebel zu holen?

»Ich dachte, Sie wollten mir Beweise vorlegen?«

»Das werde ich, dazu müssen wir aber nach oben. Dort habe ich alles vorbereitet. Komm schon, streck die Hände vor.«

Susi wusste sich nicht anders zu helfen, als der Aufforderung folge zu leisten. Sie hoffte, dadurch wenigstens kurz frische Luft einatmen zu können. Wo auch immer sie nun hingebracht würde.

Nachdem ihr die Fußfessel abgenommen wurde, ließ sie sich an dem neuen paar Handschellen hinterherziehen. Wie sie vorher schon richtig erkannt hatte, machte der dunkle Flur einen Knick um danach, nach etwa zwei Metern, an einer Tür zu enden. Die Tür stand offen. Sie zählte die Stufen, die sie nach oben gingen. Nach sechzehn Tritten erneut eine Tür. Die Verrückte vor ihr öffnete sie und frische, kühle Luft drang sofort herein. Augenblicke später standen sie in einem Hof, umgeben von grauen, zweistöckigen Gebäuden. So weit Susanne den Ort einschätzen konnte, befanden sie sich in einem Industriegebiet. Auf dem Komplex einer scheinbar nicht mehr existierenden Firma. Der Mond, der noch immer am Himmel stand, wenn auch nicht mehr am höchsten Punkt, ließ sie dennoch deutlich genug erkennen, dass mehrere Fensterscheiben eingeschlagen waren. Glasscherben vermischten sich mit altem Zeitungspapier und verschiedenen abgebrochenen Werkzeugen. Eine Schaufel, an der ein Teil des Stiels fehlte. Eine Schottergabel, an der ein paar Zacken nicht mehr vorhanden waren. Hier und da ein paar verrostete Nägel in verschiedensten Längen und Breiten. Plötzlich ein von leisem

Rattern begleitetes Geräusch. Kurz darauf war der Motor eines Fahrzeugs zu hören. Ein paar Meter weiter kamen die Lichtkegel von Scheinwerfern zum Vorschein. Ihre Entführerin betrachtend, meinte sie zum ersten Mal so etwas wie Erstaunen in ihren Augen ausmachen zu können.

17

Nachdem sie vor etwa zwanzig Minuten den Außenbezirk Stuttgarts verlassen hatten, fuhr Pierre nun von der B10 ab, um das Industriegebiet von Mühlacker anzusteuern. Sehr betriebsam ging es auch hier noch nicht zu. Vor dem Tor einer Gleisbaufirma, links von ihnen, hielt Pierre an. Ein paar Meter vor ihnen stand ein schwarzer Lieferwagen. Wie vor einem bevorstehenden Duell standen sich die Fahrzeuge gegenüber. Pierre schaltete die Musik aus und fixierte das Gefährt vor ihnen. Dreimal Lichthupe. Danach Warnblinkanlage. Zweimal Lichthupe. Warten.
Der Fahrer auf der anderen Seite schien verstanden zu haben. Einmal Lichthupe, dieses Mal aus der

anderen Richtung kommend. Das Tor zur Linken knatterte auf Schienen entlangfahrend zur Seite. Pierre fuhr schweigend in den Hinterhof. Franz war angespannt. Es kam ihm vor, als befände er sich in einem Drei-D Film. Einem Thriller. Und nun kam der spannungsgeladene Moment, in dem es meistens krachte. Der Mercedes bog am Ende der Halle nach rechts ein in den Innenhof. Franz beugte sich vor, als würde er seinen Augen nicht trauen können. Im Scheinwerferlicht, direkt vor Ihnen, stand eine kurzhaarige Frau, welche eine jüngere Frau an Handschellen festhielt. Die gefesselte Blondine schien einiges durchgemacht zu haben. Deutlich erkennbar stand ihr die Angst ins Gesicht geschrieben.

»Du bleibst hier sitzen. Verstanden?«
Dies war unzweifelhaft ein Befehl.

»Worauf du dich verlassen kannst«, erwiderte Franz.
Schuhmacher griff nach seiner Sporttasche, die sich zwischen seinen Füßen befand und zog eine Flasche Hochprozentigen hervor. Wenn hier schon alles enden sollte, dann wenigstens noch nen guten Tropfen zu sich nehmen. Am besten gleich mehrere Tropfen. Nüchtern wollte er dieses

Geschehnis nicht ertragen müssen. Hierfür bräuchte er keine weiteren Vorkenntnisse oder Informationen. Dies war definitiv eine heikle Situation.

»Pierre?!«, stellte die Kurzhaarige verblüfft fest.

»Ramona«, entgegnete ihr Pierre mit fester Stimme.

»Was zum Teufel suchst du hier? Solltest du nicht in Frankreich deinen Aufgaben nachgehen?«

»Von da komme ich auch. Mir wurde aufgetragen, das Mädchen abzuholen«, versuchte er die Verdutzte zu überzeugen.
Susanne stand Wort- und hilflos daneben, ohne die richtigen Schlüsse ziehen zu können.

»Blödsinn«, zischte Ramona nun skeptisch, »Wer soll dies bestimmt haben?«

»Befehl von oberster Ebene. Die Schöpfer wissen von dem Versteck und sind bereits auf dem Weg. Sie können jeden Moment auftauchen. Und da ihr beide zu viel wisst, gibt es eine schnelle Planänderung. Ich denke, du verstehst. Das Mädchen hat höchste Priorität.«
Pierre ließ sich sein Unbehagen nicht anmerken.

Ramona nickte. Doch wie sie nickte, ließ jeden Beobachter verstehen, wie sehr sie dieser Sache misstraute.

»Selbstverständlich hat sie höchste Priorität. Deswegen wirst du sicher auch nichts dagegen haben, wenn ich kurz mal den aktuellen Stand der Dinge abrufe, oder?«
Sie beäugte Pierre und müsste man ihr einen Kosenamen verpassen, würde Frau Zweifel sicher nicht der Schlechteste sein. Der Franzose kam während des Dialogs bis auf ein paar Zentimeter an sie heran. Als Ramona bei dem Versuch, ihr Handy aus der Hosentasche zu ziehen, kurz an sich herunterschaute, gab es kein Abwarten mehr. Geschult verpasste ihr Pierre einen Kick mit ausgestrecktem Bein gegen ihre Hüfte. Die soeben Getroffene konnte sich nicht stabil genug aufrecht halten und bekam sogleich ihren Arm herumgedreht, sodass sie auf die Knie musste. Mit schmerzverzerrtem Gesicht starrte sie die Blondine an, die mit weit aufgerissenem Mund schockiert daneben stand. In Windeseile verschnürte der Kampfsportler der Knienden mit Kabelbinder die Hände rücklings mit ihren Füßen.

»Bist du irregeworden?«, schrie sie ihm entgeistert ins Gesicht.

»Ihr seid die Verrückten. Wollt ihr die ganze Menschheit auslöschen? Siehst du denn nicht, was ihr anrichtet?«

Wutentbrannt polterte Ramona weiter: »Warum tust du das? Sie werden dich schnappen, so oder so. Das ist dein Ende.«

»Das, was ihr im Schilde führt, bedeutet langfristig gesehen das Ende eines jeden Lebens auf diesem Planeten und auf allen anderen auch. Also war es mir nicht schwergefallen.«

Franz hatte schon ein paar Mal kräftig an der Flasche genuckelt, als er neben sich einen Schatten vorbeischleichen sah. Der gehörte sicher nicht zu ihnen. Ihm fiel kurz auf, dass er Partei ergriffen hatte. Das Hochprozentige begann schnell zu wirken und machte Schuhmacher etwas mutiger, als er normalerweise gewesen wäre. Lautlos öffnete er die Tür. Der bärtige Mann mit der roten Mütze hatte davon nichts mitbekommen. Ramonas Gekreische übertönte alles andere. Franz stand nun direkt hinter dem etwa gleichgroßen Mann, der Pierre auf sich aufmerksam machte, sobald die nun in kniender Position Verharrende verstummte.

»Pierre. Immer noch gut in Form, was?«, provozierte er den Franzosen.

»Durchaus. Was willst du? Mach dich vom Acker, so lange du noch kannst.« Pierre bluffte.

Der Bartträger verfiel in lautes Lachen. Schüttelte seinen Kopf und versuchte, seinen Standpunkt deutlich werden zu lassen.

»Hör zu du kleiner Auskundschafter. Nichts gegen deine Kampfkünste, aber dir muss doch klar sein, dass du aus dieser Nummer nicht lebend rauskommen wirst. Willst du etwa alleine die *NWO* aufhalten? Wo sind deine Schöpferfreunde? Ich sehe sie nicht. Verstehst du nicht, dass sie uns gegenüber keinen Vorteil besitzen? Wir sind mächtiger denn je. Also gib mir das Mädchen und ich werde mich dafür einsetzen, dass du nur eine geringe Strafe erhältst. Na, was sagst Du? Wie wäre es mit dem Mittelalter? Oder doch eher zu den Kannibalen?«

Der Drohende lachte erneut.

»Du kannst mich nicht einschüchtern. Das Mädchen wird in Sicherheit gebracht. Jetzt! Von mir!«

Der vor Franz Stehende murmelte ein: *Wie du möchtest,* und griff knapp über dem Gürtel, oberhalb des Gesäßes, nach einem hervorstehenden Revolver.

Schuhmacher hatte keine Zeit zu überlegen. Bisher beobachtete er gebannt die Szenerie und deshalb fiel ihm erst jetzt die Waffe auf. Während der Bärtige nun in Richtung Pierre zielte, gab es kein Zögern. Mit einem heftigen Schwung klirrte die Schnapsflasche gegen den Hinterkopf des Mannes. Ein Schuss löste sich. Doch die Kugel verfehlte ihr Ziel, flog an allen Beteiligten vorbei und durchschlug einen an der Wand lehnenden Baggerreifen. Welcher umgehend durch einen lauten Zischton darauf aufmerksam machte, dass seine Zeit gekommen war. Fluchs kramte Pierre nach den Schlüsseln, für die Handschellen, in Ramonas Taschen. Sobald er sie in Händen hielt, forderte er schreiend Schuhmacher dazu auf, sich nach hinten in den Wagen zu setzen. Susanne machte er unmissverständlich deutlich, dass es klug wäre, sofort hinterher zu sprinten und mit ihnen schleunigst den Ort zu verlassen. Mit quietschenden Reifen ließen sie den Innenhof hinter sich. Der Tachometer zeigte deutlich mehr als die vorgeschriebenen fünfzig km/h an. So schnell wie möglich durchfuhren sie Mühlacker.

Und nach weiteren acht Minuten befanden sie sich auf der A8 in Richtung Stuttgart.

18

Freitag. Betti setzte sich Stipe gegenüber, während dieser noch etwas verschlafen, seinen Kaffee schlürfte. Nervös knabberte sie an ihrer Unterlippe. Sie fragte sich, wann sie ihren Mann das letzte Mal beim Duschen hatte singen hören. Zum einen war sie natürlich froh darüber, ihn wieder glücklich zu sehen, zum anderen wollte es ihr einfach nicht gelingen ihr Unbehagen zu verdrängen. Nachdem sie vor dem Zubettgehen noch ausgiebig darüber diskutierten, ob es nicht ratsam wäre, noch ein paar Wochen zu warten und dann gemeinsam mit den Kindern in den Urlaub zu fahren, musste Betti erkennen, dass sich der alte Sturkopf seinen Plan nicht ausreden ließ. Genau wie zu ihren Anfangszeiten, als sie noch nicht wussten, was die Zukunft alles bereit halten würde, hielt Ian beharrlich an dem fest, was er sich in den Kopf gesetzt hatte.

»Mr. Gudelj. Sind Sie sich sicher, dass Sie nichts frühstücken möchten?«, versuchte Betti das Gespräch anzukurbeln.

»Nein, Danke. Ich esse generell nur zweimal am Tag. Mittags und abends. Dafür dann etwas deftiger«, antwortete Stipe höflich.

»Ich möchte Sie um etwas bitten.«
Stipe vermutete schon, dass sie auch ihn darauf ansprechen würde, was sie von den Reiseplänen ihres Mannes hielt. Er hob den Kopf und schaute ihr in die Augen. Betti lugte immer wieder mal über ihre Schulter, um sich zu vergewissern, dass nicht plötzlich ihr Mann reinplatzen würde.

»Mein Mann wird ihnen sicher nichts davon erzählt haben, aber in Anbetracht der Situation möchte ich Sie wissen lassen, dass mein Mann krank ist, oder war… also es scheint so, als wäre das Schlimmste überstanden aber dennoch…«.
Stipe unterbrach sie: »Krank? Er macht mir nicht den Anschein, als würde ihm etwas fehlen. Ich hoffe doch nichts wirklich Ernsthaftes?«, fragte er besorgt nach.

»Nun ja, bitte erzählen Sie ihm nicht, dass ich ihnen das verraten habe, Ian litt am

Burnout-Syndrom und an Depressionen. Verstehen Sie nun, warum ich so besorgt bin?«

Der Kroate nickte verständnisvoll.

»Alles worum ich Sie bitte ist, dass Sie ein Auge auf ihn werfen. Ich habe zwar mitbekommen, dass Sie geschäftlich in Kroatien zu tun haben werden, aber vielleicht wird es Ihnen ja möglich sein, ab und zu nach dem Rechten zu sehen.«

Stipe nickte erneut und nahm das vor ihm liegende Handy vom Tisch.

»Wenn Sie möchten, können sie mir ihre Handynummer geben. Festnetz habe ich ja schon. Ich werde mich um ihn kümmern.«

Er hoffte, er würde Wort halten können. Dennoch hielt er es für ratsam, Mrs. McGregor in Sicherheit zu wiegen. Und er hoffte noch etwas mehr, sein Auftraggeber würde seine schützende Hand über ihn halten. Der glatzköpfige Muskelprotz von gestern erschien drohend vor seinem geistigen Auge. Er meinte sich vage daran erinnern zu können, sogar von ihm geträumt zu haben. Konnte kein angenehmer Traum gewesen sein, so nassgeschwitzt wie er war, als er heute Morgen von seinem Wecker aus dem Schlaf gerissen wurde.

Betti legte ihre Hände über seine, um ihrem Dank Ausdruck zu verleihen. Eine halbe Stunde später umarmte Ian seine Töchter, die heute erst nachmittags zur Schule mussten, da ein Ausflug nach Glasgow mit ihren Klassen bevorstand. Er ermahnte die Kinder, artig zu sein, und versprach ihnen, falls es ihm in Kroatien gefallen würde, nächsten Sommer mit der ganzen Familie dort hinzureisen. Die elfjährige Rebecca ließ ein paar Tränchen kullern, ihre drei Jahre jüngere Schwester schien erstaunlich gefasst zu sein. Ziemlich erwachsen für ihr Alter ermahnte auch sie ihren Dad, auf sich aufzupassen und sich mindestens einmal täglich zu melden. Die Worte seiner Jüngsten, machten den reifen Geschichtsprofessor sichtlich stolz, verursachten aber auch, trotz seiner Vorfreude, einen leichten Magenkrampf, den er wegzulächeln versuchte. Seine Betti hörte nicht auf, nachzufragen, ob er auch sicher an alles Wichtige gedacht hätte. Es war das allererste Mal, dass er darauf bestand, selbst zu packen. Stipe wollte sich nicht einmischen, während die Familie dabei war sich zu verabschieden, versicherte Betti aber auf ihr Nachfragen, dass es zu dieser Jahreszeit kein Problem sein würde, in Kroatien ein freies Zimmer zu bekommen. Der Moment war gekommen und mit einer festen Umarmung, die alle vier McGregors mit einschloss, mussten sie sich für die nächsten Tage Lebewohl sagen.

19

Es dämmerte bereits, als Pierre kurz nach dem Leonberger Dreieck die Spur wechselte und die Autobahn verließ. Niemand schien sie zu verfolgen, doch aufmerksam beobachtete er stets den Verkehr hinter ihnen durch Seiten- und Rückspiegel. Wohlwissend, dass die Gefahr noch längst nicht gebannt war. Nur allzu gut kannte er das straff organisierte Regime, für das auch er lange Jahre tätig war. Der NSA-Skandal, der im Hier und Jetzt in den letzten Monaten so für Aufsehen sorgte, konnte ihm nicht mal ein müdes Lächeln abringen. Er wusste natürlich allzu gut, dass der Kontrollwahn und die scheinbar so ausgefeilten Spionageprogramme hier noch in den Kinderschuhen steckten und wie sehr juckte es ihn unter den Fingernägeln, die hiesige Menschheit darüber aufzuklären, was in etwa zweihundert Jahren vor sich gehen würde. Wie reizvoll erschien ihm der Gedanke sich an die Medien zu wenden, um vor der ganzen Welt auszuposaunen, dass die sogenannten Whistleblower seine Arbeitskollegen seien, Zeitreisende wie er, die im Dienste der gesamten Menschheit versuchen, in ihrer Vergangenheit einiges zurechtzurücken, um der bevorstehenden neuen Weltordnung den Wind aus den Segeln zu nehmen. Leider würde das nicht möglich sein. Niemand würde ihn ernst nehmen. Man würde ihn belächeln und als Verschwörungstheoretiker bezeichnen. Bewirken könne man auf diese Art und Weise leider absolut gar nichts. Im Gegenteil. Des Teufels größte List ist es der Menschheit vorzugaukeln, er würde nicht existieren. Und er, wie einige seiner mutigen Kollegen auch, hatten erkennen müssen, dass sie in einer satanischen Welt aufwuchsen, in der Persönlichkeitsrechte und freier Wille Beschreibungen aus Geschichtsbüchern waren, die sich auch noch auf dem Index befanden. Ein: *Was wäre wenn?*, sprach man am besten nicht laut aus, wenn man nicht spurlos von der Bildfläche verschwinden wollte.

»Sie fahren nach Leonberg, richtig? Bringen Sie mich nach Hause?«, riss Susi den Franzosen aus seinen Gedanken.

»Nein, das wäre zu riskant. Wir müssen das Auto wechseln. Sie holen ihren Käfer aus der Garage, damit Ihr Verschwinden die nächste Zeit nicht auffällt. Danach werden wir erneut das Auto wechseln müssen. Ihren Käfer würde man zu leicht ausfindig machen.«

»Aber ich möchte nirgends hin. Lassen Sie uns doch zur Polizei gehen. Die werden doch sicherlich etwas unternehmen, wenn ich ihnen erzähle, was geschehen ist«, protestierte Susanne.

»Man wird Ihnen nicht glauben. Und außerdem können sie den Polizisten auch nicht vertrauen. Auch unter ihnen befinden sich welche, die eingeschleust wurden. Sie können es drehen und wenden wie Sie wollen. Einigermaßen sicher sind Sie nur, solange Sie bei mir sind. Bis wir das Ziel erreicht haben, können Sie nur von mir beschützt werden. Und es wäre besser, Sie würden mir vertrauen. Das würde mir meine Arbeit um einiges erleichtern.«

Schuhmacher bekam von dem Gespräch nichts mit. Der Alkohol hatte ihn schläfrig gemacht und als seine erste Aufregung etwas verflogen war, döste er ein. Wie ein Säugling, der soeben noch am Plärren war und kurz darauf auf Wolke sieben schwebt. Nur das Schnarchen verriet, dass auch er noch an Bord war. Susanne kombinierte die Informationen und Geschehnisse der letzten Stunden. Zutiefst beunruhigt musste sie dann aber doch einsehen, dass der komisch aussehende Fahrer wohl recht hatte. Ob sie ihm wirklich vertrauen konnte, war noch nicht abzusehen, aber in seiner Obhut genoss sie deutlich mehr Freiheiten, als bei der Psychopathin und ihrem bärtigen Komplizen. Allein schon, dass sie keine Fesseln mehr anhatte, schien ihr ein gutes Zeichen zu sein.

»Ich muss Sie etwas fragen«, gab Susi etwas zögerlich von sich.

»Fragen Sie«, antwortete Pierre, ohne den Blick von der Straße abzuwenden.

»Sie und meine Kidnapper kannten sich«, stellte die Blondine fest.

»Das haben Sie richtig erkannt, ja.«

»Woher?«

»Sie sind doch ein schlaues Mädchen, nicht wahr?«, schmunzelte Pierre. »Dann haben Sie sicher auch erkannt, dass wir für dieselben Leute gearbeitet haben.«

»Ja, das habe ich verstanden. Nur, wer seid ihr wirklich? Das, was die Verrückte mir weiszumachen versuchte, ist schließlich lächerlich. Warum wollte sie mir so 'ne kindische Story aufdrücken, ihr wäret Zeitreisende?« Susanne verdrehte die Augen.

»Weil es die Wahrheit ist!«
Susanne konnte es nicht fassen. Sie schüttelte den Kopf und hob fragend die Hände.

»Hören sie Pierre. Wenn Sie wollen, dass ich Ihnen auch nur ein wenig Vertrauen schenke, dann hören Sie bitte auf damit. Abgesehen davon, dass ich das für Schwachsinn halte, jagen Sie mir damit doch ein wenig Angst ein.«
Pierre nickte verständnisvoll, blieb aber ernst. Er machte nicht den Hauch einer Andeutung, als würde er seine Behauptung korrigieren. Ohne näher darauf einzugehen, forderte er die Blondine auf, das Handschuhfach zu öffnen.

»Wir haben vorsorglich einen Ersatzschlüssel für Ihren Käfer anfertigen lassen. Ein gefälschter Reisepass und eine Kopie der Chipkarte für die Tiefgarage liegen auch bereit. Ihnen hat man ja, wovon wir ausgehen konnten, die Handtasche abgenommen.«

Susanne nahm verdutzt die Sachen an sich. Sie wusste zwar immer noch nicht mit Sicherheit, wem oder was diese Typen angehörten, aber es waren auf keinen Fall Amateure. Soviel war klar. Hier schien alles perfekt durchdacht zu sein. Oberhalb der Altstadt Leonbergs parkte Pierre den Mercedes in einer Seitenstraße. Susanne ließ er vorher an der Einfahrt zur Tiefgarage aussteigen und weckte Schuhmacher. Er musste sie auf die Probe stellen. War sie so weit und vertraute ihm? Wahrscheinlich nicht wirklich, aber er schätzte sie schlau genug ein und ging davon aus, dass sie begreifen würde, dass es sinnlos sei, jetzt nach Hilfe zu rufen oder zu fliehen. Wohin auch? Sie musste nach dem Erlebten davon ausgehen, dass sich sofort wieder jemand an ihre Fersen heften würde.

Auch Susanne verfolgte ähnliche Gedanken. Natürlich dachte sie kurz daran, wegzulaufen. Nur was würde das bringen? Sie dachte auch daran, ihren Vater zu kontaktieren, wenn schon nicht die Polizei. Aber zum einen hatte man ihr auch das Handy abgenommen und zum anderen hatte sie kein Kleingeld für die Telefonzelle einstecken.

Selbst wenn. Würde sie Ihren Paps dann nicht auch noch in Gefahr bringen? Nein. Das hier musste sie alleine durchstehen. Egal wie. Und was war dieser Franz für einer? Er roch stark nach Alkohol und wollte so gar nicht hierher passen. Pierre erklärte ihr, Schuhmacher wäre ebenso in Gefahr wie sie auch, aber im Gegenteil zu ihr würde er sich nicht viel aus ihm machen, da er zwar ein armer Tropf sei, der alles verloren hätte, aber er ihn nicht bemitleidete, weil er sich aufgegeben habe. Solche Menschen würden ihn abstoßen. Aber er, Franz, sei eben auch ein Puzzlestückchen, das es zu schützen gelte, also würde er seinen Job erledigen. Es war wirklich nicht einfach, hier den Überblick zu behalten und das Ganze zu durchschauen. Des Weiteren schien es ihr mehr als schleierhaft, wie Franz auf dem Rücksitz einfach einpennen konnte, nach dem, was zuvor in diesem Hinterhof geschehen war. Ihm musste ja wirklich schon so ziemlich alles egal sein. Oder es fehle im an Intelligenz und er konnte die Gefahr nicht richtig einschätzen, mutmaßte Susi. Als sie vorerst keinen anderen Ausweg sah, als den Anweisungen Pierres folge zu leisten, startete sie den Motor. Der rote VW-Käfer surrte wie eine junge Katze, die ihr

Frauchen begrüßte. Nie zuvor trat sie so aufs Gaspedal, wenn sie die vier Stockwerke im Kreisrund des Parkhauses der Erdoberfläche entgegenfuhr. Erst jetzt, als sie an der Schranke vor der Ausfahrt anhalten musste, registrierte sie, wie schmutzig ihre Hände waren und wie zerknittert sie aussah. Zu allem Überdruss musste gerade jetzt der Pförtner aus seinem Glashäuschen treten und in ihre Richtung laufen.

Verdammt.

Es wäre besser, er würde sie so nicht zu Gesicht bekommen. Leise fluchte sie in sich hinein, dass dieses Modell keine elektrischen Fensterheber hatte. Zittrig kurbelte sie die Scheibe herunter. Der Pförtner war kaum noch einen Meter von der Beifahrerseite entfernt. Sie griff nach der Chipkarte, welche sie auf den Sitz neben sich gelegt hatte, drehte sich zum Kontrollkästchen und drückte das EC-Karten-förmige Kärtchen gegen die Apparatur. Der Pförtner klopfte an die Beifahrerscheibe.

Himmel Donnerwetter aber auch!

Da lag das verdammte Teil nun auf dem Asphalt. Die Schranke, die vor Sekunden noch wie ein Grenzsoldat die Weiterfahrt verhinderte, schoss nach oben. Ein schneller Blick zu dem wohlbekannten grauhaarigen Aufpasser, der grüßend die Hand hob und ein kurzer Schlag mit der offenen Handfläche auf die Hupe, um das Guten Morgen zu erwidern, und dann ein entschlossener Tritt aufs Gaspedal. Im Rückspiegel sah sie einen sichtlich verdattert dreinschauenden Herren, der wild gestikulierend versuchte, auf ihre Chipkarte aufmerksam zu machen.

Heute nicht Kollege, sorry.

Susi fragte sich besorgt, ob dem Pförtner wohl ihr ungepflegtes Aussehen aufgefallen war? Ihr merkwürdiges Verhalten entging ihm sicherlich nicht. Normalerweise hatte sie immer noch ein paar Augenblicke für einen höflichen Smalltalk Zeit, aber heute schien ihr das zu riskant. Nun zerbrach sie sich das Hirn darüber, welche Option die Klügere gewesen wäre. Zu spät. Pierre und Franz schauten nicht schlecht, als Susi um die Ecke geschossen kam. Sichtlich amüsiert übernahm er das Steuer und verfrachtete Franz erneut nach hinten und Susi zu seiner Rechten.

»Ich denke, Ihr Fahrstil ist in unserer jetzigen Situation zu auffällig«, stichelte er lachend.

»Na Sie haben Nerven. Ist Ihnen schon aufgefallen, wie ich ausschaue? Dem Pförtner wäre das sicher etwas komisch vorgekommen«, entrüstete sich Susanne gereizt.

Franz beugte sich nach vorne, den Kopf zwischen den beiden Wegbegleitern.

»Ich finde, du schaust immer noch recht attraktiv aus«, meinte er grinsend.

Susi verzog angewidert das Gesicht und hob sich absichtlich die Nase zu.

»Boah… was soll das denn jetzt bitte werden? Könnten Sie sich vielleicht wieder anlehnen und ihren Rausch ausschlafen?«

»Hey ihr zwei, beruhigt euch mal wieder. Ich glaube, wir sollten mal wieder etwas ernsthafter werden. Und beim nächsten Fahrzeugwechsel werdet ihr beide die Gelegenheit haben, euch frisch zu machen«, nahm Pierre etwas die Luft raus.

Franz murmelte angesäuert ein paar frauenfeindliche Stammtischweisheiten vor sich hin und breitete sich, so gut es ging, auf dem Rücksitz aus. Susi starrte bissig geradeaus und Pierre zerkaute die Innenseite seiner linken Backe. Um die vergiftete Atmosphäre etwas zu bereinigen, versuchte er ein frommes Gesicht zu machen, was ihn noch komischer aussehen ließ und erkundigte sich: »Hunger?«

Susi: »Natürlich!«

Franz: »Eher Durst.«

Und schon kochte die Stimmung wieder auf. Susi erwischte beinahe Pierres rechte Gesichtshälfte als sie herum schoss und Franz angiftete, er hätte wohl nicht alle Tassen im Schrank. Ob er auch noch an was anderes außer an Alkohol denken könne und ob es ihm vielleicht schon aufgefallen wäre, dass dies kein Kegelclub-Ausflug sei.

»Mädchen, beruhig dich mal. Ich dachte da eher an einen frisch gepressten Orangensaft und einen heißen Espresso. Mit Vorurteilen scheinst du ja reichlich gesegnet zu sein.«

Schuhmacher konnte nicht wissen, dass Susi, einmal in Rage geraten, nur schwer zu bremsen war. Eine gut erzogene, höfliche, junge Frau, aber wenn sie einmal aus der Fassung geriet, konnte es gewaltig krachen. Ihr Paps war heute noch dem Himmel dankbar, dass die pubertäre Phase nun schon einige Zeit zurücklag. Wenn damals die Türen knallten, war das noch das Harmloseste und inzwischen wussten beide, Vater und Tochter, wie sie die Wogen glätten konnten, wenn es drohte zu eskalieren.

»Natürlich, du und gesunde Getränke…«, keifte sie weiter.

»Hey mach mal ´nen Punkt. Ich hab mir vorhin in die Hosen geschissen, als ich dich gesehen hab, so gefesselt. Ich musste mir Mut antrinken, weil ich schon die Lichter ausgehen sah«, konterte der sichtlich Verletzte.

Susi biss sich auf die Zähne. Möglicherweise überreagierte sie tatsächlich. Tränen wollten sich ihren Weg bahnen, doch durch ein kräftiges Durchatmen konnte sie diese noch vor dem Ausbruch zurückhalten. Pierre nahm sich zurück, ahnend, dass es den beiden vielleicht mal ganz guttun könnte, etwas Dampf abzulassen. Aber ihm war auch klar, dass es wahrscheinlich nicht förderlich wäre, wenn er sich weiterhin so zugeknöpft gäbe. Hatten die zwei nicht ein Anrecht darauf, so viel wie möglich zu erfahren? Sicher, er musste dennoch aufpassen, was er gefahrlos mitteilen konnte und was der Sache schädlich sein würde. Ihm selbst waren ja auch nicht alle Details bekannt, also könnte es schon nicht allzu schlimm sein, wenn er seine Erkenntnisse weiterleiten würde. Und was konnte schon geschehen, wenn er einfach über sich selbst sprechen würde? Das könnte schließlich ja auch dienlich sein. Wie sonst schafft man Vertrauen? Persönliches konnte nur hilfreich sein. Er unterbrach das aufgekommene Schweigen.

»Also Leute, hört mir mal gut zu, ich habe es mir überlegt…«, bat er um Aufmerksamkeit.

Dass ein nicht zu Ende gesprochener Satz so einen wachrüttelnden Effekt haben konnte, ließ seinen Blick für den Bruchteil einer Sekunde mal von den Rückspiegeln und der Fahrbahn abweichen. Zwei Augenpaare klebten förmlich an seinen Lippen.

»Was jetzt? Nicht nach Kroatien?«, mutmaßte Schuhmacher.

»Nein, nein. Das Ziel bleibt dasselbe. Ich denke nur, es wäre für die weiteren paar hundert Kilometer förderlich, wenn ich euch erzähle, wer ich bin, woher ich komme und was meines Wissens nach hier abläuft.«

»Was meinen Sie mit, *Ihres Wissens nach?*, wollen Sie damit andeuten, Sie wüssten auch nicht, worum es hier geht? Falls ja, was tun Sie dann hier?«, regte sich Susanne auf.

»Eins nach dem anderen. Ich sagte nicht, ich wüsste es nicht. Nur bin ich eben auch nicht in sämtliche Details eingeweiht. Wollt ihr mir nun zuhören, oder wäre es euch lieber wir schweigen uns die nächsten paar Stunden weiterhin an?«

Franz hob die Hände und meinte, er wäre ganz Ohr.

Susanne gelobte Besserung und forderte ihren Beschützer auf, fortzufahren.

»Nun denn. Es wird nicht leicht sein euch von der Wahrheit zu überzeugen. Dies hört ihr jetzt sicher nicht zum ersten Mal, aber versucht, mir aufmerksam zu folgen, und vielleicht könnt ihr es ja wenigstens teilweise nachvollziehen. Ich würde mich auch darüber freuen, mich nicht zu unterbrechen, egal wie unglaubwürdig euch alles erscheinen mag. Aber erst wenn ihr alles gehört habt, was ich euch zu sagen habe, könnt ihr euch ein Urteil erlauben. Zumindest ein vorläufiges, bis ihr die Schöpfer kennenlernt.«

Franz machte keine Anstalten Pierre unterbrechen zu wollen, bei Frau Gerling war es unschwer zu erkennen das sie am liebsten sofort etwas erwidern würde, es gelang ihr aber sich zurückzunehmen. Auch wenn das nicht die einfachste Aufgabe war. Nach einem zwischenzeitlichen Schweigen und einem kurzen Überholmanöver, vorbei an drei LKWs, die dabei waren, sich ein Elefantenrennen zu liefern, erzählte Pierre weiter: »Ich bin also Pierre, wie ihr ja schon wisst. Meinen französischen Akzent kann man auch nicht überhören, woraus ihr wahrscheinlich schließt, dass ich Franzose oder Belgier bin, oder aus Luxemburg stamme. Wahrscheinlich tippt ihr auf Frankreich, da ihr die Nummernschilder am Mercedes gesehen habt. Nun, von da, wo ich komme, gibt es diese Länder nicht mehr. Es gibt überhaupt keine unterschiedlichen Staaten mehr. Verschiedenartige Sprachen existieren zwar noch, aber nicht mehr in der Vielzahl, wie sie jetzt noch vorherrschen. Der Großteil der knapp neun Milliarden Menschen spricht Englisch und auch die anderen Sprachen wurden dermaßen vom Anglizismus beeinflusst, dass es sich teilweise schon nach englischen Dialekten anhört und nicht nach gänzlich anderen Sprachen. Geboren wurde ich in Straßburg, im Distrikt Elsass-Baden-Neuschwaben.

Mein Geburtsdatum ist der 08. Februar 2174. Ich bin 40 Jahre alt und verwitwet. Dies ist auch der Grund, warum ich die Seiten gewechselt habe. Ihr müsst wissen, dass es bei uns nicht angezweifelt werden darf, dass die Neue Weltordnung die einzige und beste Regierungsform ist. Diese

Regierungsform sei doch tatsächlich das Nonplusultra und nur sie sei den Menschen wohlgesinnt. Wer dem dennoch kritisch gegenüber steht, verschwindet für eine Weile und wenn die Person zurückkehrt, ist sie kaum wiederzuerkennen, ich möchte behaupten, sie gleicht einem gespenstischen Wesen, ohne jeglichen Willen. Dieser Zustand hält aber bei manchen nicht lange an und fällt derjenige erneut negativ auf, wird er als Terrorist zum Tode verurteilt oder in die Verbannung geschickt. Aber nicht in irgendein abgelegenes Land, sondern in eine andere Zeit, in eine Epoche, in der man davon ausgehen muss, das die Person von den dort lebenden Menschen als Hexe oder Satansanbeter angesehen wird, sollte sie dort die Wahrheit erwähnen. Die Folge daraus ist also auch die Verurteilung zum Tode. Meine Frau war ein sehr freiheitsliebender Mensch und stellte zu viele Fragen. Fragen, die man besser nicht stellen sollte. Eines Tages wurde sie abgeholt, genau an dem Tag, als sie mir mitteilte, dass sie schwanger sei. Wir waren wirklich überglücklich, da wir uns so sehr ein Kind wünschten, und nach fünf Jahren auf der Warteliste bekamen wir die Genehmigung für einen Nachkommen. Wir entschieden uns für eine Tochter mit blonden Haaren, so weiß wie der Schnee und mit Sommersprossen um das Stupsnäschen. Mir fiel nichts Sonderbares daran auf, dass man uns schon nach so kurzer Zeit Nachwuchs gestattete, der Normalfall lag bei fünfzehn Jahren und danach musste man noch zur abschließenden Elterntauglichkeitsbefragung, die nichts anderes war als ein Test, um nachzuprüfen, ob man das Kind linientreu erziehen würde. Nun, im Nachhinein verstehe ich das natürlich. Man hatte mir schmerzlichst beigebracht, dass es kein Abweichen von den vorgegebenen Richtlinien geben durfte, sei es auch nur wegen so etwas banalem wie der Frage nach dem richtigen Job. Alles war reglementiert. Meine Frau war Sozialkunde und Religionslehrerin. Sie erzählte mir oftmals abends vor dem Schlafengehen, wie der Unterricht abzulaufen hatte und wie zu neugierige Kinder für eine Zeit in Fortbildende-Schulen für überdurchschnittlich Begabte geschickt wurden. Ihr fiel auf, dass nach der Rückkehr dieselben Kinder ihren Wissensdurst verloren hatten und das Vorgepredigte nur noch marionettenhaft rezitierten. Im Religionsunterricht dasselbe Bild.

Wenn nach einem höheren Wesen gefragt wurde, bekam man mitgeteilt, man würde die Naturgesetze kennen. Man wüsste um die Reisen durch die Zeit und in andere Dimensionen und das höchste Wesen das existiere, sei der Mensch an sich. Und unsere Erleuchteten, das heißt, unsere politischen Führer seien die einzigen Wesen, die man anzubeten hatte. Würde man fleißig sein, die Meditationen täglich besuchen und die Schriften studieren, könne der eigene Geist reinkarniert werden und man selbst könne in einem der zukünftigen Leben zu den Erleuchteten gehören. Wir alle wuchsen in diesem Glauben auf, dass dies die unumstößliche Realität sei. Schließlich wussten wir ja, was sich in der Geschichte zugetragen hatte. Wir sahen, was sich die Völker in ihrem religiösen Wahn angetan hatten, und jeder dieser Stämme berief sich auf seinen Gott. Da uns ständig die Fehler unserer primitiven Vorfahren aufgezeigt wurden, waren wir davon überzeugt, in paradiesischen Zuständen zu leben. Bis man eben irgendwann gewaltsam aus seiner Traumwelt gerissen wird. Irgendwann also war es nicht mehr einer der Schüler, der abgeholt wurde, sondern die Lehrerin, meine Frau. Weitere Details möchte ich nicht schildern. Wenn ihr bisher aufmerksam zugehört habt, könnt ihr euch zusammenreimen, was dann geschah.«

Pierre stand der Schmerz ins Gesicht geschrieben und zum ersten Mal sahen ihn seine beiden Schützlinge so verletzt, man möchte schon sagen, hilflos. Doch Susanne war die Erste, die anfing auf seine Erklärungen einzugehen und der Fahrer gewann seine Entschlossenheit zurück.

»Ich… ich weiß nicht recht, was ich dazu sagen soll. Ich höre den Schmerz heraus, den du empfinden musst«, zum ersten Mal duzte sie ihn, »und ich finde es auch ziemlich unpassend, dir zu unterstellen, dass du das alles erfunden hast. Aber… bitte nimm es mir nicht übel, dass ich das jetzt so sage… aber besteht nicht die Möglichkeit, dass dir jemand, wer auch immer, in deine Erinnerung hineingepfuscht hat? Keine Ahnung, die Amis oder Russen durch eine Art Hypnose meinetwegen. Vielleicht warst du ja ein Spion, der langsam aufsässig und gefährlich wurde und…«.

Pierre unterbrach sie: »Welchen nutzen hätten sie davon? Wäre ich dann nicht weiterhin ein Staatsfeind? Warum dann nicht kurzen Prozess machen und mich unschädlich machen? Sprich

mich zu töten, wäre einfacher, als sich der Gefahr auszusetzen, die Hypnose könnte irgendwann ihre Wirkung verlieren und ich wüsste alles wieder und das Spiel begänne von vorne.«
Plötzlich platzte Franz hervor.

»Ich glaube dem Clown da vorne. Oh entschuldige Pierre, war nur auf deine Kleidung bezogen. Nichts für ungut.«

»Einfühlungsvermögen gleich null, oder?«, kritisierte Susanne.

»Schon gut. Das stört mich nicht. Kleidungsstile, wie ihr sie kennt, und Modetrends wurden bei uns abgeschafft. Wir haben für verschiedene Gruppierungen Einheitskleidung. Nur die sogenannten Erleuchteten tragen unterschiedliche Klamotten. Von dem her verletzt mich das nicht.«
Susi schaute nach hinten zu Schuhmacher.

»Ok. Ich bin zwar nach wie vor der Meinung, dass es hier nicht um Zeitreisen gehen kann, weil ich daran einfach nicht glaube, es mir sogar unmöglich erscheint, da zu viele Paradoxien auftreten würden. Aber nichtsdestotrotz würde mich interessieren, warum du es für möglich hältst. Einfach nur, weil du gerne Science-Fiction Filme schaust oder hast du dir einfach keine Gedanken gemacht, dass dies nicht gehen kann?«

»Bevor du mich hier weiterhin als dumm darstellen möchtest, eines vorweg: Ich glaube weder an einen Gott noch an sonst irgendeinen mystischen Kram. Und Science-Fiction hat mich noch nie vom Hocker gehauen. Aber ich sehe im Gegensatz zu dir gar keine andere logische Erklärung für das, was mir widerfahren ist. Ich wurde zwar nicht gekidnappt so wie du, aber…« Schuhmacher erzählte von seinen Erlebnissen. Er blieb dabei, so gut es ging, bei der zeitlichen Abfolge. Angefangen mit seinem Traum über das Paket mit dem Laptop bis hin zu der Abholung durch Pierre.

Susi verstummte. Pierre lächelte. Franz rieb sich die Schläfen. Ein jeder hatte nun seine Gedanken zu ordnen und kombinierte stillschweigend vor sich hin. Diesmal war es Franz, der weitere Details aus Pierres Leben in Erfahrung bringen wollte.

»Okay. Du bist also durch die Zeit gereist. Man hat dich hierhergebeamt und…«.

Pierre unterbrach ihn: »Raumschiff Enterprise. Ein wahrer Klassiker. Ist auch heute noch bei uns beliebt, zumindest die unzensierten Teile, die wir schauen durften. Wir werden nicht irgendwo hin gebeamt. Wir durchlaufen Dim-Felder«, informierte ihn Pierre und wusste sogleich das die nächste Frage nicht lange auf sich warten lassen würde.

»*DIM* was?«, prallte es ihm von zwei Seiten entgegen.

»Dim-Felder. Das sind Flächen, in denen sich zu bestimmten Zeiten Dimensionsdurchgänge öffnen. Wenn man weiß, wann und wo, kann man, mir nichts dir nichts, durchlaufen und ist ohne Zeitverlust, lustig in diesem Zusammenhang, in einer anderen Epoche, aber an dem gleichen Ort.« Susanne blies Atemluft heraus in der Art und Weise, die dem anderen zu verstehen gibt, dass man schwer an etwas zu knabbern hatte, das etwas verarbeitet werden musste.

Franz wollte es genauer wissen: »Und woher wisst ihr, wann und wo sich diese Dim-Dinger auftun?«

»Wir lernen es eben schon in der Schule. Nicht wann und wo sie sich auftun, aber dass die Dim-Felder real sind. Und dass, wenn man einem bestimmten Berufszweig zugewiesen wird, man auch an den Forschungsarbeiten teilnimmt, et cetera«, erklärte Pierre geduldig weiter.

Susanne fragte sich, wenn das von Pierre Behauptete nur gelogen wäre, woher dann diese Präzision? Er schien nicht eine Sekunde lang nachdenken zu müssen, um sich die passende Antwort zurechtzulegen. War es tatsächlich möglich, dass er ihnen die Wahrheit sagte?

»Dann hast du also einem bestimmten Beruf ausgeübt, der dir ermöglichte, durch die Dim-Felder zu gehen. Aber wenn man deine Frau umgebracht hat, warum kamen ihnen dann keine Zweifel auf, was deine Loyalität betrifft?«, hakte Susi nach.

»Die Wahrheit ist in diesem Fall ganz simpel. Selbstdisziplin und schauspielerisches Talent! Das Wichtigste aber: der Wunsch nach Rache. Ich habe mir geschworen alles Menschenmögliche zu tun, um diesen Wahnsinn zu stoppen. Auch wenn es mich das Leben kosten sollte. Ohne meine Frau fühlte ich mich sowieso halbtot.«
Diesmal schien Franz sich etwas eingehender Gedanken gemacht zu haben und fragte skeptisch:

»Aber eins will mir nicht ganz in den Schädel: Seit wann bist du nun hier in unserer Zeit? Und seit wann besucht ihr unsere Epoche? Ich meine, irgendetwas kann doch da nicht ganz stimmen.

Jedes Mal, wenn einer von Euch hierher kommt, verändert er ja dadurch automatisch seine Zeit. Soll heißen: Nach deiner Rückkehr müsstest du eine veränderte Welt vorfinden.«

»Ihr habt einen Denkfehler, den ich euch nicht übel nehmen kann. Ihr kennt es nicht anders. Eure Gesellschaft geht noch circa die nächsten hundert Jahre davon aus, dass die Zeit linear verläuft. Ihr euch auf dieser Schiene bewegt, und zwar immer nur in eine Richtung. In Richtung Zukunft. Dann wäre dein Gedankengang korrekt. Dies ist aber nicht der Fall. Deswegen sprechen wir von Dim-Feldern und nicht von Zeittunneln. Wenn ich also in der Zeit zurückreise, springe ich sozusagen in die nächstähnliche Dimension. Mein Auftauchen und Wirken in dieser, sagen wir mal Parallelwelt, verändert nicht die Gegenwart meiner Epoche in meiner Dimension, sondern die Zukunft dieser Parallelwelt, da diese Zukunft dort noch nicht existent ist. Denkt breiträumiger. Alles, was existiert, hat eine Art Zwillingswelt und nicht nur das, sondern in unzählbarer Menge.«

Pierre wusste, dass dies nun der stärkste Tobak sein musste. Sollten sie ihm bis hierher auch nur teilweise Glauben geschenkt haben, würde das

Misstrauen möglicherweise von neuem bekämpft werden müssen.

»Gütiger Gott! Sorry Pierre. Das ist jetzt dann doch etwas zu viel des Guten. Wenn sagen wir mal, auch das stimmen sollte, dann erklär mir bitte, warum du uns beschützen solltest, wenn es keinen Einfluss auf deine Zeit hat. Das bedeutet doch, dass dein Kampf sinnlos wäre. Nochmals sorry. Spätestens hier steige ich aus, geistig wohlgemerkt.« Das Auto würde sie nämlich, jetzt erst recht nicht, vorzeitig verlassen wollen. Nicht bevor ihr klar würde, wer ihre Kidnapper waren und warum. Irgendwie hatte sie das Gefühl, alles würde von vorne beginnen.

Gerade fing ich an ihm zu glauben und dann das. Scheiße aber auch.

»Denkt nicht so kleinkariert. Alles hängt zusammen. Auch wenn in meiner Zeit dadurch keine Veränderung stattfinden mag, aber auf vielen anderen Ebenen wird es Wirkung zeigen. Was glaubt ihr, warum die Erleuchteten überall ihre Hände im Spiel haben? Doch nicht etwa, weil ihnen ihre Dimension genügt. Wenn man mehr haben kann, will man mehr. Das könnte doch ein Leitsatz für eure Epoche sein, meint ihr nicht auch?«

Das war ein Argument. Die Ausführungen ließen fast unbemerkt die Kilometer und die Zeit verstreichen und sie näherten sich dem bayrischen Rosenheim. Pierre teilte den beiden Skeptikern mit, dass sie hier von der Autobahn runter fahren würden. In einer nahegelegenen Pension würden sie duschen können. Ein Auto stünde schon bereit und der Käfer würde von einem Freund zurück nach Leonberg gefahren werden. Er glaube zwar nicht, dass sich die Erleuchteten dadurch Irreleiten lassen würden, aber zumindest bestünde die Hoffnung, dass der angebrachte Peilsender kurzzeitig Verwirrung stiften würde.

20

Das Flugzeug kreiste über dem leuchtenden Blau des Adriatischen Meeres. Die prachtvolle Inselwelt lag stoisch inmitten dieses Postkartenmotives. Die Stimme aus dem Lautsprecher forderte die Passagiere auf, sich anzuschnallen. In wenigen Minuten würde man den Flughafen Rijeka erreichen. Der Name war irreführend, da sich der

Landeplatz nicht in der Hafenstadt, der drittgrößten Stadt Kroatiens, befand, sondern auf der Insel Krk, die einige Kilometer östlich von Rijeka lag. Der Schotte blickte durch das Fenster und bestaunte diese Naturschönheit unter ihnen.

»Wenn das die Insel Krk ist, dann müsste dort gegenüber die Insel Cres sein, richtig?«

Ian zeigte zuerst auf die Insel, über der sie kreisten und dann weiter weg vom Festland, raus aufs Meer auf einen langgezogenen, grüngrauen Streifen. Bergiges Land ragte aus dem Meer empor.

»Ja, so ist es. Und links davon, hier aus der Luft kaum zu erkennen, dass dies zwei voneinander getrennte Inseln sind, liegt Losinj. Eigentlich war das ursprünglich auch nur eine Insel. In dem kleinen Örtchen Osor befindet sich eine Drehbrücke, die die beiden Inseln miteinander verbindet. Meines Wissens nach haben die Römer einen künstlichen Kanal angelegt, der nun seit ein paar Jahrhunderten die beiden Inseln trennt«, erklärte Stipe.

»Haben sie diese Inseln alle schon besucht?«

»Diese hier im Kvarner-Gebiet, zumindest die, die besiedelt sind, alle, ja. Falls sie es noch nicht wussten: Kvarner nennt man die Region, die einem

Dreieck ähnelnd, zwischen Istrien und Dalmatien liegt.« Stipe malte eine Triangel in die Luft.

Die Landebahn war frei für den Anflug. Die Maschine setzte sicher auf und routiniert verabschiedete sich der Pilot von seinen Fluggästen. Da die Hochsaison längst vorbei war, gab es genügend freie Plätze an Bord. Die wenigsten schienen Touristen zu sein. Die Stewardessen verabschiedeten am Ausgang lächelnd die Passagiere, welche kurz darauf die salzhaltige Luft einatmen konnten.

»Willkommen in meiner Heimat«, begrüßte Stipe den Geschichtsprofessoren sichtlich stolz. Dieser lächelte und blickte hastig in alle Richtungen, als könne ihm etwas entgehen. Beide verließen den Zollbereich durch den EU-Schalter. Die Zöllner schienen, in ihrer südländischen Gelassenheit, reichlich desinteressiert zu sein, und ließen die Neuankömmlinge nach einem kurzen Blick auf die Dokumente passieren. Ihr spärliches Reisegepäck umgehängt, wie in Gudeljs Fall, oder auf kleinen Rollen hinter sich herziehend, wie in McGregors Fall, verließen sie den kleinen Airport.

»…und von hier fährt ein Bus zur Fähre? Oder sollen wir uns ein Taxi teilen? Was meinen Sie Stipe?«

Fragend blickte McGregor über den fast menschenleeren Vorplatz.

Bevor der Kroate etwas erwidern konnte, kam ihnen eine junge, etwa dreißigjährige Frau winkend entgegen.

»Herr Gudelj? Herr McGregor?«, erkundigte sie sich, einen Wagenschlüssel baumelnd in der Hand haltend.

»Ja, das sind wir«, bestätigte Gudelj.

»Ich soll Ihnen den blauen Mietwagen hier übergeben. Papiere liegen im Handschuhfach.«

Sie zeigte auf einen blauen Passat, der auf einem Parkplatz unweit der Taxen wartend in der Sonne brütete.

McGregor hob erstaunt die Augenbrauen. Stipe bedankte und verabschiedete sich auf Kroatisch von der charmanten jungen Dame.

»Ein Mietwagen?«, fragte Ian nach.

»Ja, mein Boss hat das organisiert.«

Das war noch nicht mal gelogen.

Keine halbe Stunde später stellte Gudelj den Motor ab. Die Fähre lag schaukelnd direkt vor ihnen in der Anlegestelle. Am Ticketschalter erklärte man ihnen, dass sie noch genügend Zeit für ein Getränk im angrenzenden Café hätten. Nach der Hauptsaison würden die Überbringer nicht so häufig verkehren. Gut gelaunt setzten sich die beiden ungleichen Wegbegleiter auf die überdachte Terrasse des Bistros. Sie bestellten sich beide eine Flasche Bier der heimischen Marke Karlovacko und genossen den Blick auf das vor ihnen liegende Meer. Für einen Moment waren Stipes Sorgen wie weggeblasen. McGregor fragte sicherheitshalber noch einmal nach, ob das in Sichtweite gelegene Eiland dort gegenüber ihr Zielort sei. Stipe bestätigte und entschuldigte sich, er müsse die Toilette aufsuchen.

Alles gar nicht so schlimm, ermahnte er sich selbst auf dem Weg zu den WCs.

Die Umgebung hatte tatsächlich eine beruhigende Wirkung. Sie waren kurz vor dem Ziel. Es gab keine Schwierigkeiten. Niemand, der versuchte sie beide aufzuhalten. Bald würde er seinem Auftraggeber in die Augen schauen, man würde sich bei ihm bedanken, ihm seinen wohlverdienten Lohn überreichen und fertig. Konnte es so einfach sein? Was würde mit dem alten Ian geschehen? Sein

Versprechen Betti gegenüber hatte er ernst gemeint. Sollte sein Auftrag hier enden, was spräche dagegen noch ein paar Tage mit dem Prof zu verbringen? Das werde ich dann wohl spontan entscheiden, dachte er. Nach dem Toilettengang betrachtete er selbstzufrieden sein Spiegelbild. Wusch sich die Hände und das Gesicht und ging pfeifend zurück Richtung Tisch und Pivo, wie man hierzulande das Bier nannte. Als hätte man ihm eine mit der Keule verpasst, drohten ihm die Beine wegzuklappen. Fast schon bei McGregor wieder angekommen musste er schockiert feststellen, dass dieser nicht mehr alleine da saß. Stipe noch nicht registrierend schienen die beiden am Tisch Sitzenden ein lebhaftes Gespräch zu führen. Dies war gar nicht gut. Der Typ neben McGregor war alles andere als ein gern gesehener Tischpartner. Nicht nur das, er wünschte, den soeben Erblickten augenblicklich zum Teufel. Nun schauten beide in seine Richtung. Munter winkte ihn McGregor herbei.

»Stipe mein Freund. Schauen Sie, welch freudige Überraschung. Ob Sie es glauben oder nicht, da bin ich meilenweit von zu Hause entfernt und wen treffe ich hier an diesem wunderschönen Ort?

Einen Landsmann. Und das außerhalb der Saison. Ist das nicht erstaunlich?«

Stipe versuchte, sich sein Unbehagen nicht anmerken zu lassen. Er setzte sich und schaute dem Glatzkopf in die Augen, welcher seine goldberingten Finger ineinander faltete.

»So, ein Landsmann also? Stipe, mein Name, Guten Tag«, schauspielerte der Kroate, streckte ihm seine Hand zum Gruß entgegen und fragte nach, um dem Muskelprotz zu entlocken, warum er hier so plötzlich auftauchte, »Was treibt sie nach Kroatien um diese Jahreszeit?«

Ein aufkommender Wind blies die Getränkekarten vom Tisch.

»Ich bin gerne hier. Ich mag den Trubel während der Saison nicht. Genieße lieber die Ruhe«, log dieser.

»Und wo genau soll's hingehen?«, hakte Stipe nach.

»Er hat sich noch gar nicht entschlossen, ist das nicht interessant?«, fuhr McGregor dazwischen.

Stipe hob seinen Kopf, in der Art als verstünde er.

»Es gibt genügend freie Appartements um diese Jahreszeit. Ein Zimmer würde mir auch genügen.

148

Da wo es mir gefällt bleibe ich wohl für ein paar Tage.«

So so, also. Da wo es dir gefällt. Und ich vermute, in unserer Nähe würde es dir am meisten gefallen, durchschaute ihn Gudelj missmutig.

»Wenn ihnen mein angestrebtes Ziel nicht zu langweilig erscheint, hätte ich nichts dagegen, wenn sie sich uns anschließen würden.«

Dies war zwar so nicht geplant, überkam McGregor ein Gedanke, doch vielleicht suchte er ja gar nicht die Einsamkeit. Vielleicht wollte er nur raus, neuen Menschen begegnen. So lange es ihm guttun würde, wolle er spontan handeln und alle neuen Erfahrungen gerne mitnehmen.

»…und wo genau wollen Sie sich niederlassen die nächsten Tage?«, fragte dieser sichtlich interessiert.

»Ein kleines Dorf auf der Insel Cres. Direkt an einer Felswand oberhalb des Meeres gelegen. Lubenice. Schon mal davon gehört?«, gab Ian bereitwillig Auskunft, bevor Stipe einschreiten konnte.

»Ich lass es mir durch den Kopf gehen, hört sich auf jeden Fall nicht schlecht an. Muss aber heute noch einen guten alten Bekannten hier auf der Insel treffen. Das habe ich ihm versprochen«, zwinkerte das eitle Muskelpaket.

Ian wiederholte seine Einladung, sprang auf und teilte seinen Tischnachbarn mit, dass auch er nun dringend mal Wasser lassen müsse, würde wohl am Bier liegen.

Der Glatzkopf wartete ab, bis Ian um die Ecke bog und außer Sicht- und Hörweite war. Stipe spürte plötzlich etwas zwischen Becken und Rippen gegen seinen Körper drücken. Erschrocken schaute er an sich herunter. Das war nicht gut. Das war sogar ausgesprochen miserabel.

Scheiße.

Der Typ neben ihm hielt ihm doch tatsächlich eine Waffe an den Körper. Stipes Augen suchten unbewusst hektisch die Umgebung ab. Die Nebentische waren nicht besetzt. Das Paar mittleren Alters mit ihrem quengelnden Dreikäsehoch, das am Ticketschalter stand, war zu weit weg, um die Situation richtig einzuschätzen, in der er sich befand. Vorausgesetzt, sie hätten überhaupt in seine Richtung gesehen, was sie aber definitiv nicht taten und die Stimmen hinter seinem Rücken drangen aus dem Inneren des Bistros und klangen nicht so, als würde jemand die

Aufmerksamkeit auf ihn richten. Vor allem nicht, da er heraushörte, dass sie lautstark über die hiesigen politischen Verhältnisse diskutierten. Ok, das war's dann wohl. Sollte das Arschloch neben ihm abdrücken wollen, bestünde zum einen keine Chance auf Verteidigung und zum anderen war niemand in Sichtweite, der deeskalierend einschreiten könnte.

»Was wollen Sie von mir?«, fragte Stipe überraschend ruhig angesichts der Situation, in der er sich befand.

»Freundchen, hatte ich dir nicht klar und deutlich zu verstehen gegeben, was ich von dir verlange?«, gab der Bewaffnete mit ärgerlicher Stimme von sich. Auf das förmliche *Sie*, verzichtete er inzwischen.
Stipe schluckte, unfähig eine passende Antwort zu liefern.

»Hör zu, ich schwöre dir, dies ist deine letzte Chance. Da du nun schon mal hier bist, ändere auch ich meinen Plan. Ich gestatte dir, den Alten also in Lubenice abzuliefern. Dann aber fliegst du morgen mit dem ersten Flug weg von hier. Mir egal wo hin. Nur weg von Kroatien und nicht nach

Schottland. Hab ich mich nun deutlich genug ausgedrückt?«

Stipe lag es schon auf der Zungenspitze nachzufragen, was geschehen würde, falls nicht. Aber die Knarre spürend, und die Erinnerung an die letzte Begegnung mit dem Verbrecher neben ihm, hielten ihn dann doch davon ab.

»Grüßen sie Ian von mir. Die Runde hier geht auf mich.«

Ein paar Scheine Kuna auf den Tisch werfend erhob sich der Glatzkopf und verschwand.

McGregor erkundigte sich etwas enttäuscht nach dem plötzlichen Verschwinden seines Landsmanns. Stipe erklärte ihm, er hätte es furchtbar eilig gehabt seinen Bekannten aufzusuchen und es wäre ja nicht so tragisch, wenn sie alleine weiter ziehen würden. Erneut fielen McGregor Stipes Stimmungsschwankungen auf. So langsam machte er sich Sorgen um seinen neugewonnenen Bekannten.

»Stipe, ich möchte nicht zu aufdringlich wirken, vor allem, da Sie sich ja so vorbildlich um mich kümmern, aber es lässt mir einfach keine Ruhe. Ich würde gerne wissen, ob Sie etwas bedrückt. Mir fiel gestern im Pub schon auf, und kurz darauf bei mir zu Hause, dass Sie plötzlichen Stimmungsschwankungen unterliegen. Und nun, obwohl ich nur ein paar Minuten weg war, scheinen Sie mir erneut wie ausgetauscht… sagen Sie mir, wenn ich ihnen irgendwie behilflich sein kann oder wenn Sie einfach etwas loswerden möchten. Ich biete Ihnen das an, weil ich Sie in kürzester Zeit in mein Herz geschlossen habe, aber ich respektiere natürlich auch ihre Privatsphäre.«

Er war also doch kein so guter Schauspieler oder der Alte hatte einfach nur eine gute Menschenkenntnis. Wie dem auch sei, ewig konnte er dem Professor nicht vorgaukeln, dass alles in bester Ordnung wäre. Nur was bitteschön sollte er ihm sagen? Das er hier einen Auftrag ausführte und die Begegnung mit ihm, McGregor, keine Zufällige sei? Dass seine Auftraggeber möglicherweise Irre waren? Oder Kriminelle? Oder beides zusammen? Dass der Glatzkopf ihn nun zum zweiten Mal bedrohte? Da schien ihm plötzlich nur eine einigermaßen vernünftige Vorgehensweise möglich zu sein.

»Ian, Sie haben nicht ganz Unrecht, aber geben Sie mir noch ein wenig Zeit, bevor ich Ihnen erklären kann, warum ich mich manchmal so komisch verhalte. Trinken Sie bitte in Ruhe aus und kommen Sie dann zum Wagen. Ich muss kurz mit meinem Boss sprechen, alleine. Und melden Sie sich bei Betti und ihren Kindern. Ihr Handy haben Sie dabei?«

Stipe ging in Richtung Passat. Verwundert schaute ihm der Professor hinterher, befolgte aber Stipes Vorschlag und rief zu Hause an, um mitzuteilen, wo er sich gerade befand und um sich nach dem Wohlergehen seiner Familie zu erkundigen. Im Mietwagen sitzend stülpte sich Gudelj das Headset über. Warum brauchte das Teil eigentlich keine Batterie? Fragte er sich zum ersten Mal. Musterte es kurz und suchte nach einer Öffnung, an die man eventuell ein Ladegerät hätte anschließen können, fand aber nichts. Solarbetrieben schien es aber auch nicht zu sein.

»Hören Sie mich?«, rief er in das Mundstück vor seinen Lippen.

»Sie sind fast angekommen. Das ist erfreulich«, erklang umgehend die Reaktion.

»Ich dachte, Sie würden mich beschützen wollen? Sagten Sie mir das nicht gestern? Der Glatzkopf hat mich soeben mit einer Waffe bedroht.«

Stipe versuchte erst gar nicht seine Empörung darüber zu verbergen.

»Wir wussten, dass Sie sich in keiner Sekunde in wirklicher Gefahr befanden. Bald wird Sie ein Mann mit französischem Akzent aufsuchen. Pierre ist sein Name. Vertrauen Sie ihm. Er wird Sie vor weiteren Unannehmlichkeiten beschützen. Bald schon wird Ihnen alles klar werden. Das verspreche ich Ihnen.« Die Stimme klang mitfühlend und vertrauenswürdig. Dennoch war Gudelj nicht wohl in seiner Haut.

»Was ist mit dem Prof? Was von alledem darf er wissen? Oder erwarten sie von mir, dass ich mich ihm gegenüber weiterhin so zugeknöpft gebe? Ich gehe davon aus, dass sie wissen, dass dieser Mann nicht auf den Kopf gefallen ist. Er hat bemerkt, dass ich mich wegen irgendetwas unwohl fühle.« Der Kroate rechnete damit, dass man ihn noch um Stillschweigen bitten würde. Aber nicht zum ersten Mal wurde er eines Besseren belehrt.

»Genau. Und da wir den alten Herren durchaus schätzen und Sie so kurz vor dem Ziel sind, haben wir nichts dagegen einzuwenden, wenn Sie ihm alles bisher Erlebte erzählen. Wir gehen nicht davon aus, dass ihn dies zur Abreise veranlassen wird. Im Gegenteil, ein so wissbegieriger Mensch wie McGregor dürfte sich auf unsere Begegnung freuen.«

Stipe war geplättet. Sollte sein Auftraggeber tatsächlich Recht behalten? Wäre nicht das erste Mal. Er konnte es sich selbst nicht erklären, warum er der Stimme glauben schenkte. Er verspürte zwar weiterhin Nervosität, aber alleine die Mitteilung, dass ihn ein Beschützer, dieser sogenannte Pierre, kontaktieren würde, ließ ihm einen Stein vom Herzen fallen. Er wäre nicht mehr ganz auf sich alleine gestellt. Ian McGregor riss ihn durch das Öffnen der Beifahrertür aus seinen Gedanken. Stipe schaute auf seine Armbanduhr. Es war 17.53 Uhr. Die Fähre öffnete Ihre Luke und in Warnwesten gehüllte Männer dirigierten die wartenden Fahrer, mitsamt ihren Autos, auf die vorgesehenen Stellplätze. Mit lauten Schreien und fuchtelnden Händen wies ihn einer der Männer an, bis auf ein paar Millimeter an das vor ihm parkende Auto heranzufahren und dann das Fahrzeug zu verlassen. Über enge Treppenaufgänge liefen die beiden Weggesellen hoch ins Oberdeck und nahmen an einem Tisch, gegenüber der ovalen Theke, Platz. Der Wind wurde immer stärker und sie verspürten deswegen keine Lust, draußen im Freien die Überfahrt hinter sich zu bringen.

21

Neun Stunden etwa waren vergangen, seit sie die Pension in Rosenheim, frisch geduscht und mit neuen Klamotten ausgestattet, verließen. Ihren geliebten Käfer musste sie dort wohl oder übel einem Fremden anvertrauen. Sie wusste nicht, wer ihr die neuen Anziehsachen auf dem Bett zurechtgelegt hatte, aber diese Person verfügte zumindest über einen guten Geschmack und die nötigen Kenntnisse betreffs ihrer Kleidergröße. Während der Fahrt durch die Alpenrepublik und das angrenzende Slowenien erzählte Pierre ausschweifend von seiner Welt. Zumindest von der Welt, von der er scheinbar wirklich ausging, dass sie real existierte. Sie hörte ihm gerne zu, auch wenn sie an dem Wahrheitsgehalt ihre Zweifel hatte, nach wie vor. Pierres bisherige Kollegen mussten in seinen Erinnerungen rumgepfuscht haben, dies schien die einzige logische Erklärung zu sein, aber da er sichtlich um ihr Wohlergehen bemüht zu sein schien, wollte sie ihn nicht weiter mit ihren Vermutungen konfrontieren. Selbst Schuhmacher war ihr nicht mehr gänzlich unsympathisch. Nachdem auch er sich in Bayern frisch gemacht hatte und seither auf weiteren Alkoholkonsum verzichtet hatte, war seine Anwesenheit durchaus ertragbar. Auch wenn seine lästigen Zigarettenpausen ihr gehörig auf den Geist gingen. Sie kamen dennoch gut voran, da es sich nirgends staute und Pierre das Gaspedal kräftig durchgetreten hatte, wo es ihm gefahrlos möglich war. Kurz vor Rijeka durchfuhren sie den Grenzübergang nach Kroatien. Seit dem EU-Eintritt der Balkanrepublik wurde es mit der Passkontrolle wohl nicht mehr so genau genommen. Niemand hielt sie auf und bald schon sahen sie die Adria zur Rechten. Das blaue Meer lenkte alle drei für eine Weile von ihren Sorgen ab und verträumt ließen sie die folgenden Kilometer verstreichen. Als sie über die Brücke fuhren, die das Festland mit der Insel Krk verband, herrschte sogar eine ausgelassene Stimmung vor, so als würden sie sich im Badeurlaub befinden und nicht auf der Flucht. Auf der Fähre zur Insel Cres genoss

Susanne auf dem Außendeck einen schmackhaften Cappuccino und verspürte tatsächlich einen Hauch von Romantik. Ein nur leicht bewölkter Himmel, der aber dennoch den Sonnenstrahlen genügend Freiraum ließ, brachte Susi dazu, in Kindheitserinnerungen zu schwelgen. Damals hatte sie sich häufig unter freiem Himmel auf den Rücken gelegt und Wolkenbildungen mit bekannten Formen und Mustern assoziiert. Was sie nun zum ersten Mal seit Jahren wieder tat. Nun also waren sie auf Cres angelangt und Pierre war nicht mehr ganz so entspannt. Auf dieser Seite angekommen forderte sie der Franzose, oder was auch immer er sein mochte, auf, im Bistro vor der Anlegestelle Platz zu nehmen. Die anderen Autos fuhren allesamt links von Ihnen die Serpentinen hoch. Während sie die einzigen Gäste, in dem Café, das an einer Felswand lehnte, waren.

Die junge Kellnerin schien, nachdem sie ihnen ihre Getränke geliefert hatte, kein weiteres Interesse zu zeigen und tippte, Kaugummi kauend, ununterbrochen auf ihrem Handy herum.

»Auf was warten wir hier?«, fragte Susi.

»Ob ihr es glaubt oder nicht, ihr seid nicht die Einzigen, die ich zu beschützen habe. Wir warten auf zwei weitere Personen und machen uns dann auf den Weg. Es sind nur noch wenige Kilometer bis zum Ziel.«

Eine Überraschung nach der anderen. Endlich war etwas Ruhe eingekehrt und während der ganzen Fahrt schien sie niemand verfolgt zu haben und nun sollten sich irgendwelche neue Typen dazu gesellen. Neue Leute, neue Schwierigkeiten. Das empfand Susi in diesem Fall wohl nicht als Einzige so, denn auch Franz nörgelte vor sich hin. Auch ihm war das nicht ganz geheuer. Pierre zeigte den beiden, was er von den Überredungskünsten hielt, man solle doch gleich weiterfahren und er könne die anderen ja später abholen, indem er sich abwandt und vor dem Hafenbecken auf und ab spazierte. Als man von weitem eine Fähre aus Richtung Krk näher kommen sah, hatte das Warten ein Ende. Pierre gesellte sich wieder zu den beiden mit den Worten, bald wäre es soweit. Inzwischen war es ziemlich windig geworden und zwei einheimische Rentner, die vor kurzem das Lokal betreten hatten, machten sie in gebrochenem Deutsch darauf aufmerksam, dass die Bura, ein gefürchteter Sturm, für den nächsten Tag angekündigt wurde. Falls man nicht vorhabe länger auf der Insel zu bleiben, solle man schauen, dass man zurück aufs Festland komme. Pierre bedankte sich höflich und ließ durchdringen, dass sie es nicht so eilig hätten, und der Sturm würde ja nach zwei Tagen bestimmt vorübergezogen sein. Schließlich ankerte die Fähre und die Luke öffnete sich. Die Fahrzeuge tuckerten die Serpentinen hoch, bis auf eines, welches von Pierre zur Seite gewunken wurde.

22

Stipe schaute sich um und kontrollierte, ob er unbeobachtet dem alten McGregor mitteilen konnte, was die letzten Tage vor sich ging. Ian wiederum ahnte, dass etwas in der Luft lag und wartete geduldig, dass sein junger Begleiter mit den Worten rausrücken würde. Als er sich sicher genug war, dass keine ungewollten Zuhörer anwesend seien, hielt er sich nicht mehr zurück und spürte dabei eine Last abfallen.

Endlich konnte er sich jemandem anvertrauen.

»Ian, ich… Ähm, ich weiß gar nicht so recht, wo ich anfangen soll, aber Sie haben richtig erkannt, dass ich mir große Gedanken über etwas mache. Nun vielleicht wäre es am besten, ich fange ganz vorn vorne an und erkläre Ihnen, was eigentlich mein derzeitiger Job ist. Soviel vorweg, es hat nicht, so wie von mir behauptet, mit Immobilien zu tun.« McGregor nickte verständnisvoll.

»Ehrlich gesagt habe ich Ihnen das auch gar nicht abgenommen, aber ich dachte mir, Sie werden schon ihre Gründe haben, warum Sie mir da was vorflunkern«, schmunzelte Ian.

»Nun ja, wenn das alles wäre?«

»Nun rücken Sie schon raus mit der Sprache, so schlimm kann's schon nicht werden, oder?«, forderte der Professor Stipe höflich, aber bestimmend auf.

»Um ehrlich zu sein, unsere Begegnung ist kein Zufall, aber von Anfang an…« Stipe wischte sich immer wieder die Schweißperlen von der Stirn, während er McGregor davon erzählte, wie man ihm diesen Job unterbreitet hatte. Er erzählte, wie er zu seinem unbekannten Auftraggeber Kontakt hielt und wie er nun zum zweiten Mal bedroht worden war. Zu guter Letzt teilte er Ian mit mulmigem

Gefühl mit, für wen sich seine Auftraggeber ausgaben und was er davon hielt. Dass er sich wegen der ganzen Entwicklung berechtigte Sorgen machen würde. Um sein eigenes aber inzwischen auch um Ians Wohl. Überraschenderweise blieb der Professor äußerlich ziemlich gelassen. Weder machte er Stipe Vorwürfe irgendwelcher Art, noch schien ihn die Behauptung von Stipes Auftraggebern, Schöpfer unserer Art zu sein, aus der Fassung zu bringen. Nachdenklich fuhr sich der alte Herr über seinen Mund und schloss die Augen, so als müsse er abwägen, was als Nächstes zu tun wäre.

»Gut. Ich danke Ihnen mein junger Freund.« Verdutzt starrte Stipe den Schotten an, als hätte dieser ihm gerade klar gemacht, er würde den Nobelpreis verliehen bekommen.

»Sie danken mir? Ich glaube, ich verstehe die Welt nicht mehr.«

»Ja, das tue ich. Nicht viele hätten so reagiert, vorausgesetzt sie hätten sich überhaupt erst auf das Jobangebot eingelassen. Und wenn, hätten die Meisten wohl gehofft, so schnell wie möglich den alten Mann, also mich, abzuliefern und dann für ein Weilchen unterzutauchen.«

Noch immer starrte Stipe ungläubig Fragezeichen in die Luft.

»Gut, gut. Mag ja alles sein, aber was sagen Sie zu der ganzen Geschichte? Haben Sie irgendwelche Feinde? Ich meine, Sie werden ja wohl kaum daran glauben, das Aliens auftauchen und Sie zu einer Reise nach Kroatien bewegen wollen, um dort dann Ihre Bekanntschaft zu machen.«

»Nun mein Freund, ich habe schon ein paar Jährchen auf dem Buckel und bin ein sehr aufgeschlossener Mensch. Generell muss man erstmal alles für möglich halten, das ist meine Devise. Wie sonst könnte die Menschheit Fortschritte erzielen? Lassen wir uns doch überraschen. Aber um ihre Frage zu beantworten: Nein, Feinde habe ich keine und ich wüsste ehrlich gesagt auch keinen Grund, warum mir jemand Schaden zufügen sollte.«

»Aber was ist mit dem Glatzkopf?«

»Ich denke, er wollte ihnen nur Angst einjagen. Und Angst ist kein guter Ratgeber.«

Stipe fühlte sich auf den Schlips getreten.

»Hallo? Er hat mir meinen Schädel gegen die Wand gedonnert und mich an der Gurgel gepackt!

Und vorhin hielt er mir 'ne Knarre an die Brust«, empörte er sich.

»Und dennoch hat er Ihnen nicht wirklich einen gesundheitlichen Schaden zugefügt. Ich weiß nicht warum. Aber das scheint doch eher so, als wäre es ihm lieber, uns lebend zu sehen.«
Stipe teilte ihm schlussendlich noch mit, dass sie wohl auf eine Kontaktperson treffen würden. Einen Pierre, wie man ihm sagte.

»Gut, ich sehe, wir sind gleich da. Wir sollten vielleicht schon mal zurück zum Auto. Und wo treffen wir auf diesen Pierre?«
Gudelj hob fragend die Hände, zum Zeichen, dass er wieder mal keine Ahnung hätte.
Minuten später fuhren sie der Kolonne hinterher, die dabei war, die Fähre zu verlassen. Die Straße vor ihnen machte nach der großen Fläche im Anlegehafen einen Bogen nach links, von wo aus man beobachten konnte, wie sich die Blechlawine die Steigung hinaufschlängelte. Bereit, die Steilwand in Angriff zu nehmen, riss ihn der Professor mit einem Schubs gegen die linke Schulter aus seiner Konzentration.

»Hey, was ist denn mit ihnen los?«, protestierte Stipe.

»Kennen sie die Leute da drüben vor dem Bistro?« Stipe richtete seinen Blick geradeaus, weg von der Serpentine. Der Mietwagen rollte mit Standgas gemütlich voran. Keine zehn Meter entfernt fuchtelte ein kauziger Kerl wie wild seine Arme hin und her. Der Typ, der für Stipe schon von weitem so aussah, als wäre er Teil einer billigen B-Movie-Produktion aus dem vorigen Jahrhundert, kam eilenden Schrittes auf sie zu. Die anderen zwei, eine Blondine und ein unrasierter Kerl, rührten sich nicht vom Fleck, schauten aber auch in ihre Richtung.

»Der meint doch uns, oder?«, bemerkte McGregor.

»Schaut ganz danach aus. Soll das etwa dieser Pierre sein? Der Vogel da? Wahrscheinlich nicht, oder? Hinter ihm sind ja noch zwei weitere Personen und davon war nicht die Rede…«.
Der fremde Typ mit dem türkisfarbenen Hemd und dem breiten Kragen stand neben der Beifahrertür und gab durch Handzeichen zu verstehen, man solle die Scheiben herunterlassen. Auf deutscher Sprache mit unverkennbarem französischem Akzent begrüßte er die Neuankömmlinge und stellte sich namentlich vor.

Er forderte sie auf, den Wagen vor dem Bistro zu parken und umzusteigen. Die restlichen paar Kilometer würde er übernehmen. Pierre gesellte sich wieder zu Susi und Franz, welche neugierig den Parkvorgang beobachteten und einen Blick auf die soeben Angekommenen zu erhaschen versuchten. Als diese dann damit beschäftigt waren, ihr Gepäck in dem BMW der Fünfer-Reihe zu verstauen, neben dem sie auf Anweisung Pierres geparkt hatten, stand das frisch gruppierte Sammelsurium unterschiedlichster Personen beieinander. Pierre und Professor McGregor schienen die Ruhe selbst zu sein. Schuhmacher erweckte den Eindruck, als würde es so langsam Zeit für ein kühles Bier oder einen landestypischen Wein. Susi und Stipe blickten nervös durch die Runde. Als sich ihre Blicke trafen, stand Susanne mit weit geöffnetem Mund regungslos da. Konnte das sein? Stand da wirklich dieser gutaussehende Typ vor ihr, in den sie als dreizehn-, vierzehnjähriger-jähriger Teenie heimlich verliebt gewesen war? Der dann aber von heut auf morgen verschwand und sie ihn seitdem nicht mehr wieder gesehen hatte? Ihre Knie zitterten.

»Stipe, bist du das?«, stotterte sie nervös.

Sichtlich überrascht musterte er die hübsche Blondine von oben bis unten.

»Ja, aber… kennen wir uns?«
Irgendwie schien sie ihm bekannt vorzukommen, konnte sie aber nicht so recht zuordnen.

Die anderen bemerkten natürlich sofort, dass hier etwas in der Luft lag. McGregor verstand zwar die Sprache nicht, konnte sich aber, die Mimik der Personen beobachtend, einiges zurechtreimen.

»Johannes-Keppler-Gymnasium Leonberg, ist jetzt schon paar Jährchen her. Du warst zwei, drei Klassen über mir.«

Oh Gott, hoffentlich werde ich jetzt nicht rot. Wie peinlich ist das denn jetzt? Und wie unpassend. Verdammt, ich hab den Kerl seit zehn Jahren nicht gesehen und meine Knie werden schon wieder weich, wie so 'ner kleinen, unerfahrenen Göre.

Der Kroate kniff die Augen zusammen. Ja, da war doch etwas. Es dauerte zwar einen Moment, aber Erinnerungsfetzen formten sich langsam zu einem Bild vor seinem inneren Auge. Die kleine Blonde, mit den schönsten blauen Augen, die er bis dahin je gesehen hatte. Er bemerkte damals zwar, wie sie auf dem Pausenhof um seine Aufmerksamkeit rang und ihn heimlich beobachtete, aber sie war damals noch zu jung. Wie hätte er denn als cooler, fast volljähriger Kerl vor seiner Clique dagestanden? Das kam nicht in Frage. Nur in seinen Gedanken träumte er insgeheim von zärtlicher Zweisamkeit und sanften Küssen, bremste sich dann aber selbst und ging wieder über zu seinem Macho-Gehabe.

»Stimmt. Klar ich erinnere mich. Du bist doch die Kleine, die sich des Öfteren die Haare mit einem rot-schwarz gepunkteten Kopftuch zum Zopf gebunden hat. Wie so ´ne kleine Piratenbraut, richtig? Schwarzer Rucksack, übersät mit runden Stickern. Peace-Zeichen, Nazis Raus, Sex Pistols, Ramones, und so weiter, richtig?«

Susi war durchaus verblüfft. Sie war ihm tatsächlich aufgefallen? Und nach so langer Zeit erinnerte er sich? Hoffentlich war das kein schlechtes Zeichen. Vielleicht fand er sie nur kindisch mit dem leicht punkig angehauchten Outfit damals. Oder fand er sie womöglich süß? Oh Gott, sie musste ihre Gedanken wieder unter Kontrolle bringen! Das hier war nicht der richtige Zeitpunkt, um sich von einem plötzlich wieder aufgetauchten Jugendschwarm den Kopf verdrehen zu lassen. Dennoch hoffte sie, im Auto neben ihm sitzen zu können.

»Dass du dich noch erinnerst?«, erwiderte sie ihm, noch bevor Pierre nun zur Eile mahnte.

»Ist ja schön, dass ihr euch kennt. Aber könnt ihr bitte am Zielort dann in Kindheitserinnerungen schwelgen? Wir müssen los.«

23

Die Nacht brach gerade über Omisalj herein, als sich der Glatzkopf, der Bärtige und Ramona im Esszimmer am kreisrunden Glastisch gegenüber saßen. Diese Nacht würden sie auf der Insel Krk verbringen und morgen dann nach Cres übersetzen. Vorausgesetzt, die Bura würde ihnen keinen Strich durch die Rechnung machen. Die Zeit drängte und würde man noch einen Tag länger warten müssen, drohte der Plan zu scheitern. Das würden die Erleuchteten sicher nicht für gut heißen und man müsste mit Konsequenzen rechnen. Der Glatzköpfige war nun schon zum vierten Mal durch ein Dim-Feld gelaufen und somit der Erfahrenste.

Der Bartträger, der anstatt der roten Kappe nun einen Verband um den Kopf trug und den sie Scott nannten, wechselte zum zweiten Mal die Dimension. Ramona war der Frischling in der Truppe. Murdoch, das Muskelpaket, war dabei die bevorstehenden Aufgaben zuzuweisen.

»Denkt daran, sollte Pierre den Anschein erwecken, dass er jemanden von euch beiden zu verletzen gewillt ist, dann macht kurzen Prozess. Wir benötigen ihn nicht mehr. Das Nest haben wir durch ihn ausfindig gemacht und er ist ab jetzt nur ein lästiges Hindernis.«
Die beiden nickten zustimmend. Scott nahm einen Schluck Wasser zu sich und Ramona schälte einen Apfel.

»Was machen wir, sollten wider Erwartens die Schöpfer auftauchen?«, fragte Ramona mit glänzenden Augen.

»Mach dir deswegen keine Gedanken. Das werden sie nicht und falls doch, droht ihnen dasselbe Schicksal wie dem Verräter Pierre, klar?«
Erneutes Zustimmen. Murdoch forderte Scott auf, mit nach draußen zu kommen. Er brauche seine Hilfe am Wagen. Der Motor habe komische Geräusche von sich gegeben. Ramona bat er, das

Essen vorzubereiten, damit sie gesättigt beizeiten ins Bett gehen könnten. Man müsse ausgeruht sein morgen.

Der schwarze Himmel ließ den Sternen kein Durchkommen zu. Der Wind peitschte durch die dunklen Gassen Omisaljs. Der Sturm kündigte sich an. In der angrenzenden Garage erweckte Murdoch nicht den Eindruck, als müsse er am Auto etwas nachkontrollieren. Er drehte zwei leere Bierkisten herum, so dass sie sich in eine provisorische Sitzfläche verwandelten, und forderte Scott auf, Platz zu nehmen.

»Ich glaube, ich weiß schon, was du mir zu sagen hast«, meinte der Turbanträger ernst.

»Du hast sie gehört. Sie hat sich also auch infiziert.«

Scott nickte bestätigend.

»Und was nun?«, wollte er wissen.

»Wann sind dir die ersten Anzeichen aufgefallen?«

»In Leonberg, als wir die Kleine betäubt hatten. Da sprach sie im Lieferwagen zum ersten Mal von den Schöpfern.«

»In Ordnung. Das bedeutet, wir müssen spätestens am Montag zurück. Wir können nicht riskieren, dass sie auch noch die Seite wechselt. Zu

172

zweit wäre unser Unterfangen fast nicht umzusetzen.«

Kurzes Schweigen. Scott wusste zwar, dass immer wieder Mal einer von ihnen von diesem Virus befallen wurde aber, warum das geschah, verstand er nicht. Da der ranghöhere Murdoch eine Respektsperson für ihn war und gebildeter, wollte er es sich von ihm erklären lassen. Interessiert versuchte er, den Vortrag zu verinnerlichen. Auch zum Selbstschutz. Er hatte keine Lust darauf, so geistig verwirrt wieder in ihrer Welt anzukommen. Er wollte sich erst gar nicht vorstellen, wie schmerzhaft die Prozedur des Zurechtrückens sein musste.

»Es liegt am Massenbewusstsein. Sobald wir in eine andere Dimension eintreten, sind wir dem Einfluss des dort vorherrschenden Massenbewusstseins ausgesetzt. Darauf vorbereiten können wir uns nicht. Es zeigt uns auf, wie gut wir die Welt und ihre Naturgesetze verstehen. Einfach ausgedrückt: Warst du in unserer Welt ein fleißiger Schüler und hast die Realität verstanden und verinnerlicht kann dich dieser Virus nicht heimsuchen, du bist sozusagen immun dagegen. Bist du aber ein Zweifler und Träumer, vermischen sich beim Eintritt in eine neue Dimension deine Erkenntnisse mit der abergläubischen Illusion der dortigen Gesellschaft.«

Scott begriff soweit, wollte aber noch genauere Informationen.

»Und warum dieser Schöpfermythos? Die Symptome sind immer dieselben«, wollte er wissen.

»Wir wissen inzwischen, dass es keine Gottheiten gibt. Niemand, der uns erschaffen hat. Der menschliche Körper ist ein Zufallsprodukt der Natur, den wir uns durch die Beseelung nutzbar machen. Wir wissen, dass wir geistige Wesen sind, die in menschlichen Körpern inkarnieren und das ohne einen Einfluss von irgendwelchen Gottheiten oder Wesen von fremden Planeten… Da unsere Erleuchteten aber festgestellt haben, dass es zwar besiedelte Planeten außerhalb unseres Sonnensystems gibt, aber kein Kontakt hergestellt werden kann da es die Entfernungen nicht zulassen und da unsere Herrscherschicht so weit fortgeschritten ist, um die natürlichen Dim-Felder nutzen zu können, ist es offensichtlich, dass wir alles sind, was von Bedeutung ist.«

Noch einmal musste Scott nachhaken:

»Ok, verstehe. Aber noch einmal, warum gehen dann manche unserer Leute nach einer gewissen Zeit in einer anderen Dimension davon aus, dass die Schöpfer real seien?«

Geduldig fuhr Murdoch fort:

»Gerade weil wir geistige Wesen sind. Genau wie diese Menschen hier oder die Menschen in irgendeiner anderen Dimension. Wir sind pure Energie. Da ein Gedanke nichts anderes als Energie ist, vermischt er sich mit unserem nicht sichtbaren Wesen. Dies bedeutet, alle Gedanken aller Menschen in dieser Dimension beeinflussen deinen Geist. Hier herrscht in unzähligen Varianten der Glaube vor, dass es einen Gott gibt. Die verschiedensten religiösen Verbindungen versuchen, es in theologischen Abhandlungen zu erklären. Dabei fanden sie nie einen Beweis, nur ihr sogenannter Glaube lässt die Existenz eines Gottes zu. Da unsere Leute aber von klein auf geschult wurden und der Aberglaube keinen Einfluss auf sie haben konnte, da er ausgelöscht wurde, vermischt sich ihr Wissen mit dem, ich wiederhole mich, Aberglauben des Massenbewusstseins. Das Resultat siehst du ja. Verwirrte Geister, die versuchen unserer Welt zu schaden. Einfluss darauf zu nehmen, dass sich die Gesellschaft in anderen Dimensionen nicht so weit entwickelt, dass es auch dort zur Neuen Weltordnung kommen kann. Sie sind in ihrem Irrglauben gefangen und sind bereit, alles zu tun, um das Gute zu stürzen. Je verwirrter sie werden, desto verrückter werden ihre Annahmen. Sie vergessen irgendwann ganz, aus welcher Dimension sie herkamen, und halten sich bald selbst für die Schöpfer. Die frisch Infizierten lassen sich davon auch noch täuschen, da es ihren Irrglauben scheinbar bestätigt, und glauben, ihre ehemaligen Kollegen wären tatsächlich Außerirdische die uns geschaffen haben.«

Scott grübelte noch ein Weilchen vor sich hin. Murdoch machte ihn noch einmal darauf aufmerksam, er solle nicht auf den verrückten Gedanken kommen, Ramona in dem Anfangsstadium ihrer Verwirrtheit von der Realität zu überzeugen. Dies konnte ungeahnten Schaden anrichten. Man würde sich zu Hause um sie kümmern.

24

Das Scheinwerferlicht des BMWs leuchtete der inzwischen fünfköpfigen Truppe den Weg. Es war inzwischen stockduster geworden und der aufkommende Sturm fegte allerhand Gestrüpp über die Straßen. Nachdem sie die neuasphaltierte Hauptstraße, die bis nach Mali Losinj auf der Nachbarinsel führte, verlassen hatten, wurde es holprig. Der Weg, der nach Lubenice führen sollte, schien offenbar bei den hiesigen Obigen nicht die allerhöchste Priorität zu genießen. Man würde nach der Ankunft in den alten Gemäuern der kleinen Siedlung zuerst die Zimmer beziehen und sich ausruhen können. Die Schöpfer würden sie am nächsten Morgen, kurz vor Sonnenaufgang, empfangen. Niemand schien ernsthaft daran zu glauben von Außerirdischen begrüßt zu werden, aber stillschweigend schien man vereinbart zu haben, nicht weiter gegen Pierres Behauptungen zu protestieren. Bald würde sich sowieso alles aufklären und der Spuk würde hoffentlich ein annehmbares Ende nehmen. Stipe, der sich auf der Rückbank hinter dem Beifahrersitz eingenistet hatte, neigte sich zu Susi, welche zwischen ihm und Franz saß.

»Ich weiß zwar nicht, wie ihr beide hier hinein geraten seid, aber falls du möchtest, könnten wir unsere Erfahrungen nachher austauschen?«, flüsterte er der Blondine ins Ohr.

»Ja, das sollten wir wohl. Mann, ganz schön gruselig hier in dieser gottverlassenen Gegend«, erwiderte sie ebenso leise.

»Quatsch. Hier gibt es absolut nichts Unheimliches. Ich war vor ein paar Jahren mal hier, nur auf ´nen kurzen Abstecher. Tagsüber sieht hier alles ganz normal aus. Und in Lubenice leben ein paar alte Menschen, die froh sind, wenn sich mal ein Tourist auch außerhalb der Hauptsaison in ihre Ecke verirrt.«

»Was glaubst du, auf wen wir hier treffen werden?«, wollte Susi neugierig wissen.

»Na auf keinen Fall auf Aliens. Und den Rest müssen wir wohl noch ein paar Stunden abwarten«, erwiderte Stipe.

McGregor fragte nach, ob man um diese Uhrzeit noch was zu speisen bekommen würde, und Pierre erwiderte in gebrochenem Englisch, dass er sich darum kümmern werde.

Die ersten grauen Gebäude, die aus einheimischen Stein vor sehr langer Zeit errichtet wurden, tauchten vor ihnen auf. Auf nicht betonierter Erde, direkt vor der Kirche des Hl. Antonius Eremita, ein Gebäude im gotischen Stil, brachte Pierre den Wagen zum Stehen. Man werde die restlichen paar Meter laufen. Ein paar Schritte weiter taumelte eine an der Hauswand befestigte Glühbirne ungeschützt im Wind. Das erste zweistöckige Gebäude lag im Dunkeln. Es schien, wie die meisten anderen Häuser auch, unbewohnt zu sein. Durch das Küchenfenster des angrenzenden Hauses drang ein gelblich-orangenes Flackern. Die Gruppe lugte neugierig ins Innere. Die spartanische Einrichtung ließ unzweifelhaft erkennen, dass die Bewohner sparsam mit ihrem Geld umgehen mussten. Eine lange, dünne Kerze auf dem Holztisch war in diesem Raum die einzige Lichtquelle. Über das behauene Kopfsteinpflaster weiter wandernd bog Pierre in eine noch dunklere Gasse ein. Hier schien man kaum die Hand vor Augen sehen zu können. Eine, neben der hölzernen, zweiflügligen Haustüre angebrachte Schiffsglocke erklang. Pierre schien nicht zum ersten Mal hier zu sein. Man hörte zwei Stimmen und konnte sie leicht einem älteren Mann und einer älteren Frau zuordnen. Das kratzende Geräusch eines auf dem Boden verrückenden Stuhles war zu vernehmen und dann Schritte. Susi erschrak, als eine aufgescheuchte Katze, ihre Beine berührend, davon pfiff. Unbewusst ergriff Stipe ihre Hand, was eine Hitzewelle in ihr auslösen sollte. Er beruhigte sie, indem er ihr mitteilte, dass sie hier immer wieder mit herumstreunenden Hunden und Katzen rechnen müsse, aber die seien ja nicht gefährlich. Die Tür wurde von innen geöffnet und durch die Lampen, welche aus dem vor ihnen liegenden Raum schienen, erhellte sich ihre Umgebung schlagartig. Wäre sie nicht aus den vorangegangenen Gründen hier, dann würde sie die Situation fast schon romantisch einschätzen, dachte Susi. Schade nur, dass Stipe ihre Hand inzwischen wieder losgelassen hatte. Franz murmelte etwas von Durst und Kneipe. Er schien verärgert zu sein, dass man hier wohl keinen Gastronomiebetrieb erwarten durfte. McGregor wiederum, machte Augen wie ein Kleinkind auf dem Abenteuerspielplatz. Ein kopftuchtragendes Mütterchen hob ihre Arme zu einer freudigen Begrüßung. Sie umarmte Pierre und gab ihm sogar zwei Küsschen auf die Wangen. Die beiden schienen sich wohl sehr vertraut zu sein. Susi fragte sich, wie lange Pierre schon in ihrer Epoche sein müsste, um so eine Bindung zu dem Omilein herzustellen, wenn er denn tatsächlich ein Zeitreisender wäre. Sofort folgerte sie daraus, dass dies ein Beweis sei, dass an seiner Erinnerung tatsächlich etwas nicht stimmen konnte. Sie wurden hineingebeten. Am Küchentisch, der auf hölzernen Beinen stand und von einer rotweiß karierten Tischdecke bedeckt war, saß ein kleiner buckliger Mann. Seine spärlichen grauen Haare und die faltigen Gesichtszüge gaben zu erkennen, dass er wahrscheinlich die letzten drei Kriege auf dem Balkan miterlebt haben musste. Seine großen, breiten Hände wollten so gar nicht zu seiner Statur passen, ließen aber vermuten, dass er zeitlebens hart anpacken musste, um sich und die Seinen über die Runden bringen zu können. McGregor sog die Räumlichkeiten förmlich in sich auf. Da hatte er den Unterschied zu dem vertrauten Wohlstand in seinem schottischen Eigenheim. Die Wände des Raumes, der gleichzeitig Küche und Wohnzimmer zu sein schien, waren notdürftig verputzt worden. Die Wand, an der die Küchenkommode lehnte, war die Einzige tapezierte, wobei unschwer am Muster der Tapete und den vergilbten Stellen zu erkennen war, dass sie wohl kurz nach dem Zweiten Weltkrieg dort angebracht worden war. Der Professor begutachtete die nächste Wand. Ein Bild des Gottessohnes Jesus Christus hing eingerahmt neben dem der Jungfrau Maria. Darunter ein Röhrenfernseher asiatischer Marke, welcher so sicherlich nur noch in einem Museum zu besichtigen wäre. Dieser stand auf einem Schränkchen mit vier länglichen Schubladen, die zwischen zwei quadratischen Holztüren eingepfercht waren. Die linke weißlackierte Tür schien den Halt zu verlieren und berührte mit einer Ecke den mit Linoleum überzogenen Boden, welcher bei seiner Erbauung sicher keine Wasserwaage zu Gesicht bekommen hatte. An den anderen Wänden hingen Fotos, wahrscheinlich der aufs Festland gezogenen Kinder, der Enkel und allem Anschein nach auch der Urenkel. Aus einem Kästchen nahm das Mütterlein mehrere Schlüsselbunde und erklärte Pierre, wo sich welche Zimmer befänden. Der alte Mann schlich währenddessen in gebückter Haltung zur Kommode und holte kleine Schnapsgläser hervor, füllte sie mit Sljivovic und forderte alle

182

Anwesenden auf, den Willkommenstrunk anzunehmen. Franz ließ sich nicht zweimal bitten und forderte ungeniert Nachschub. Die Unterhaltung wurde auf Deutsch geführt, was Susi recht erstaunlich fand. Zwar war den Alten anzumerken, dass es sich nicht um ihre Muttersprache handelte, doch es genügte, um sich zu verständigen. McGregor ließ sich manches dann von Pierre oder Stipe übersetzen. Franz erkundigte sich, ob man noch irgendwo, was trinken und essen könne und musste dabei Susis kritische Blicke ertragen. Doch dann wurde ihr bewusst dass auch sie nichts dagegen einzuwenden hätte, wenn man sich noch etwas stärken könnte. Insgeheim erhoffte sie sich auch, Stipe würde ihr bei einem Drink Aufmerksamkeit schenken. Erstaunlich, welch ausgelassene Stimmung auf einmal vorherrschte. Als würden sie sich in keiner Gefahr befinden. Der bucklige Hausherr erklärte, er würde für sie gerne die Konoba, ein Begriff für die urigen, einheimischen Gasthäuser, aufschließen, im Gewölbekeller des Nachbargebäudes. Nachdem alle ihr Gepäck aufs Zimmer gebracht hätten, würde seine Frau sie mit frischem Schinken, Schafskäse und Weißbrot verköstigen und er hätte noch ´nen guten Tropfen des hausgemachten Rotweins anzubieten. Niemand schien abgeneigt zu sein. Ein Jeder suchte also sein Zimmer auf, welche zwar rustikal eingerichtet waren, aber doch gepflegt und einladend erschienen. Man traf sich eine halbe Stunde später dann vor dem Hauseingang des alten Gastgeberpaares und der Bucklige führte sie zum Gewölbekeller. Bei dem späten Mahl erkundigten sich die Alten, wer woher kam, und sie erzählten den Gästen von ihren Kindern und dem harten, einsamen Leben hier draußen. Dennoch schienen sie zufrieden zu sein und gaben zu verstehen, dass sie in der hektischen Welt da draußen sowieso nicht zurechtkommen würden. Es wäre schon in Ordnung so und hätte Gott gewollt, dass sie ein anderes Leben führten, dann wären sie wohl nicht hier zur Welt gekommen. Aber die Kinder wären nun mal eine andere Generation und hätten andere Ansichten. Hauptsache, sie kommen mindestens einmal im Monat vorbei, meinte das Mütterchen. Franz und der Herr des Hauses hatten schon bald zu tief ins Glas geschaut und McGregor genoss einfach die familiäre Atmosphäre in dieser Abgeschiedenheit, wobei Pierre einen ähnlichen Eindruck vermittelte. Nur Stipe und Susanne schienen sich so langsam zu erinnern, was dazu führte, dass man hier beieinander saß, weit weg von zu Hause. Da alle anderen in ein Gespräch verwickelt waren, wandte er sich an die Kleine, die er, seit seiner Schulzeit nicht mehr gesehen hatte. Er erkundigte sich, ob sie wüsste, wie Pierre und Franz in diese Sache verwickelt wären und was dazu geführt hatte, dass auch sie hier anwesend war. Als sie ihm ihre bisherigen Erkenntnisse, über Franz und Pierre, schilderte, war ihm sein Erstaunen deutlich anzusehen. Und als sie schlussendlich von sich und der Entführung erzählte, rang er um Fassung. Er nahm ihre Hand und bat sie, sich mit ihm an den lodernden Kamin zu setzen, damit man außer Hörweite versuchen könne, das Spiel hier zu durchschauen. Auf der Holzbank sitzend schauten sie in den brennenden Holzstapel vor ihnen. Der süßliche Rotwein erwärmte zusätzlich von innen.

»Was schließt du also daraus?«, fragte Susi und schaute dabei auf das Grüppchen hinter ihnen, die sich aber nicht sonderlich für die beiden zu interessieren schienen.

»Wenn ich das nur wüsste«, grübelte Stipe.

»Also Pierre scheint ein wirklich lieber Kerl zu sein, aber ich könnte schwören, dass ihm seine Phantasie einen Streich spielt. Und wer weiß, in was er verwickelt war, bevor seine Erinnerungen durcheinandergeraten sind.«
Der Kroate nickte zustimmend.

»Was denkt du über McGregor? Du scheinst ihn zu mögen, aber vielleicht ist er gar nicht so unwissend, wie er vorgibt? Schau doch, wie gelassen er ist, und du sagtest mir, er wollte ja sowieso hierher kommen. Möglicherweise bist du ja das Paket, wie du es nennst, und nicht er.«

»Hmm… so habe ich das noch gar nicht betrachtet. Und der Glatzkopf bedrohte ja nur mich. Ihn nicht«, stellte Stipe fest, während er mit einem länglichen Stück Eisen in der Glut herumstocherte.

»…und dann die abgefahrene Geschichte von diesem Schuhmacher. Also ich weiß nicht. Wem kann man hier wirklich vertrauen?«, zweifelte Susi.

»Traust du mir?« Stipe schaute ihr durchdringend in die blauen Augen. Sie musste nicht lange überlegen. In seinem Fall hörte sie auf ihr Herz und nickte nur.

»Warte mal, ich glaub, ich hab ´ne Idee.« Stipe schoss hoch und nickte in Richtung der Anderen. Susi wusste zwar nicht, was er vorhatte, aber folgte ihm zurück an den massiven Holztisch und setzte sich neben ihn. Erst jetzt ließ er die Wirtsleute erkennen, dass er ein Landsmann sei, und sprach sie auf Kroatisch an. Die anderen beobachteten stumm und verwundert die Situation. Franz gab zu verstehen, dass er es als unhöflich empfand, wenn sie nicht deutsch sprechen würden. Er musste etwas wirklich Interessantes gesagt haben, dieser Kroate, denn die Alten fuchtelten wie wild gewordene Vögel mit den Händen herum und sprachen lautstark durcheinander.

»Ich habe nur gefragt, ob außer den hier wohnenden Einheimischen und uns noch andere Leute im Ort wären«, gab Stipe zu verstehen.

»Und warum dann das Gegacker?«, wunderte sich Franz.

Der Bucklige hielt seinen Weinbecher in die Luft und schrie mit rotem Kopf in Richtung Schuhmacher, dass sein holdes Weib ihn soeben einen Trunkenbold genannt hätte, der nicht mehr ganz bei Sinnen sei. Franz wollte wissen, was das mit Stipes Frage zu tun hätte, und das Mütterchen verkündete, der Alte würde phantasieren, sobald er einen Becher Wein zu viel gehabt hätte, und man solle ihm das nicht übel nehmen, dem guten alten Ivo. Dieser schlug mit seiner flachen, breiten Hand wie mit einer Schaufel auf den Tisch, sodass Susi erschrak und zusammenzuckte. Woher hatte dieser bucklige Opa noch so eine Kraft?

»Nur weil ich der einzige im Ort bin, dem sie sich zeigen, heißt dass noch lange nicht, dass ich verrückt bin.«

Jetzt wurde es spannend. McGregor nahm Pierre als Übersetzer zu sich. Alle anderen lauschten dem in die Jahre gekommenen Ehepaar, das ungewollt in deutscher Sprache weiterdiskutierte.

»Ivo, mach dich nicht lächerlich vor den Gästen, rede lieber über Fußball oder deine Schafe«, meckerte das immer noch stehende Mütterchen. Ob sie sich jemals hinsetzte?

»Pah… du wirst schon noch sehen, bald werden sie sich auch anderen zeigen, ja, dann wirst du aber glotzen.«

»Opa Ivo, wen meinst du damit? Wer wird sich zu erkennen geben?«, fragte Stipe neugierig.

»Na die Engel. Wer sonst.« Ivo nahm einen kräftigen Schluck Wein aus seinem Becher und füllte selbigen sofort nach.

Maria, Ivos Frau, bekreuzigte sich und richtete sich an ihre Namensvetterin, die Heilige Jungfrau, sie möge ihrem angetrunkenen Ehegatten den Verstand zurückgeben.

Stipe zwinkerte ihr zu, so auf die Art, als wolle er ihr zeigen, man würde dem Alten gerne zuhören und keiner würde sich über ihn lustig machen. Sie schüttelte nur den Kopf und schob sich ein dünn geschnittenes Scheibchen frischen Specks in den Mund.

»Wo sind denn die Engel?«, wollte Susanne wissen und beobachtete dabei die Reaktion der anderen. Pierre schien es nicht im Geringsten zu stören, dass man sich bei den Alten erkundigte.

»Na unten in der Grotte. Da, wo das Wasser des Meeres türkisblau schimmert und so klar ist wie der schönste Kristall. Da hab ich sie getroffen. Nicht nur einmal.«

»Und was machen sie da?«, fragte Franz.

»Warten!« Der Alte nahm sich nun auch eine Scheibe Speck vor. Es schien ihm zu gefallen, dass endlich jemand an seinen Erlebnissen Interesse zeigte.

»Warten worauf?«, wollte Susi wissen.

»Na das haben sie mir doch nicht gesagt.«

»Aber Ivo, woher wissen sie dann, dass sie auf etwas warten?«, fragte nun Stipe wieder nach.

»Warum sollten sie sonst schon so lange hier sein?«, schlussfolgerte der Alte.

»Wieso, seit wann sind sie denn hier?«, hakte Stipe nach.

»Der Mann aus Zagreb sagte mir, diese Lichter habe man schon vor Generationen gesehen, immer wieder. Er sagte, würde man eine Linie ziehen, von hier bis runter, nach Dubrovnik, dann würde man so etwas wie eine bevorzugte Flugbahn erkennen, ja das hat er gesagt.«

»Was werden wir noch alles zu hören bekommen«, platzte es aus Schuhmacher heraus, »Zeitreisende, entschuldige Pierre, Außerirdische und nun auch noch Engel, die eine eigene Flugbahn haben.«

»...und wer ist dieser Mann aus Zagreb?«, ignorierte Stipe Schuhmacher. Diesmal gab Maria Antwort: »Noch so ein Verrückter, wie mein Alter neben mir. Nur dass der Neunmalkluge aus der

Hauptstadt sich Forscher nennt und von fliegenden Untertassen spricht.«

Ivo mischte sich sofort wieder ein: »Von wegen Untertassen. Der junge Kerl aus der Metropole hat diese Lichter selbst nie gesehen und sammelt nur Augenzeugenberichte. Kugelförmige Lichter sind es. Ja, das sind sie. Sie wechseln die Farben und bewegen sich durch den Himmel, mal im Zick-Zack-Kurs, mal auf und ab und dann plötzlich stehen sie wie festgeklebt am Firmament. Untertassen, dass ich nicht lache.«

»Und sie haben die Lichter auch gesehen Ivo? Was glauben sie, um was es sich dabei handelt?« Susi beäugte ihn skeptisch.

»Hab´ sie schon als Kind gesehen und irgendwann festgestellt, dass sie immer auftauchen, bevor ich den Engeln begegne.«

»Wie schauen denn diese Engel aus?«, übersetzte Stipe McGregors Frage. Pierre erwiderte, dass er ihnen das ja schon gesagt habe und Ivo erklärte: »Na so wie du und ich. Nur strahlender. Wie soll ich sagen? Sie strahlen ja nicht wirklich. Sie sind einfach wie sehr große, wunderschöne Menschen. Und in ihrer Gegenwart scheint man nur noch Liebe und Mitgefühl zu verspüren.«

Pierre schaute durch die Runde und wie er das tat, beinhaltete seine nicht ausgesprochene Frage: *Habt ihr verstanden? Glaubt ihr mir nun?*

Nachdem Ivo durch den konsumierten Wein schläfrig geworden war und Einsicht zeigte, dass es Zeit fürs Bett wäre, machte sich der Rest auch auf den Weg. In ungefähr sieben Stunden würde er sie abholen und sie dürften dann der Wahrheit ins Gesicht schauen, versprach Pierre. Susi und Stipe verabschiedeten sich mit Wangenküsschen und jeder Einzelne hing seinen eigenen Gedanken nach. Wer würde heute Nacht wohl durchschlafen können?

25

Eisiger Wind peitsche über die Inselwelt des Kvarner-Gebietes. Das Adriatische Meer zeigte sich von seiner rauesten Seite und das sonst so klare, durchsichtige, blaue Wasser verwandelte sich über Nacht in ein nebliges Grau. Eine in Regenmäntel gehüllte Dreiergruppe eilte fröstelnd in Richtung Gasthaus, während das Wasser über die Kaimauer spritzte, als würden dämonische Zungen nach allem haschen, was sich nicht rechtzeitig in Sicherheit brachte. Zwar froh darüber, in der warmen Gaststube angekommen zu sein, war jedem Einzelnen der Truppe bewusst, dass es heute wohl noch härter kommen würde, sollte der Orkanwind nicht plötzlich nachlassen.

»Was treibt sie bei dem Wetter auf die Straßen?«, erkundigte sich der junge Kellner, während er hinter dem Tresen mit einem karierten Lumpen Kaffeetassen trocken rieb.

»Können sie uns eventuell weiterhelfen? Da die Fähren bei dem Orkan voraussichtlich nicht in Betrieb genommen werden, bräuchten wir jemanden, der uns auf die Insel Cres bringt«, entgegnete Murdoch. Der Ober legte seine Stirn in Falten und verzog die Mundwinkel. Es war unschwer zu erkennen, wie lächerlich er die Frage fand.

»Oh Mann. Nichts für ungut, aber über euch Touristen muss man sich manchmal echt wundern. Die Bura fegt über das Meer, einer der stärksten Fallwinde der Welt und sie glauben wirklich, dass sich jemand finden lässt, der nach Cres übersetzen würde? Tss...«

Kopfschüttelnd schlug er ihnen vor, ein Heißgetränk zu sich zu nehmen und ein zwei Tage abzuwarten. Gegen Kaffee war nichts einzuwenden. Doch abwarten kam nicht in Frage. Dies dem Neunmalklugen zu erklären lag nicht in Murdochs Absicht, aber eine Lösung musste her, und dies sehr schnell. Die Tür öffnete sich und die Hintergrundmusik der Kneipe vermischte sich mit dem Pfeifen des Windes. Mehrere Männer, allem Anschein nach einheimische Fischer, betraten den Raum. Der Arbeitstag der redseligen Seemänner fiel buchstäblich ins Wasser und scheinbar gab jeder seine Einschätzung darüber ab, wann man wieder würde raus fahren können. Ein etwa dreißigjähriger, kräftiger und unrasierter Kerl, haderte mit seinem Schicksal. Der Fischfang würde bald nicht mehr zum Überleben reichen und jede Stunde, die er an Land verbrachte, machte es wahrscheinlicher, dass sein Fischkutter bald in den Besitz der Bank übergehen würde. Dies war die Chance, dachte sich Murdoch und wartete den passenden Moment ab, um den aufgebrachten Insulaner in ein Zwiegespräch zu verwickeln und um ihm ein unschlagbares Angebot zu unterbreiten. Keine halbe Stunde später drückte der Kapitän des Kutters jedem eine Rettungsweste in die Hand und forderte die Truppe auf, selbige sofort anzulegen. Wohlwissend, welch riskantes Unterfangen es sein würde, bei dem Unwetter die Adria zwischen den beiden Nachbarinseln zu durchqueren, war das Bargeld in seiner Tasche, wofür er ansonsten locker hätte drei Monate zur See fahren müssen, ein nicht abzulehnendes Antriebsmittel. Obwohl Wind und Wellen das Boot immer wieder in Schieflage brachten, kämpfte sich das himmelblaue Gefährt Meile um Meile voran. Ramona konnte ihr Frühstück nicht bei sich behalten und übergab sich in der Kajüte. Murdoch und Scott beobachteten schweigend und sich kaum auf den Beinen haltend den Seemann, wie er krampfhaft das Steuerrad umgriff und die immer näher kommende Insel Cres anvisierte. Teilweise schienen sie mitsamt der Auf und Ab wippenden Nussschale vom Meer verschlungen zu werden, doch Neptun, der Gott der Gewässer, zeigte sich heute von seiner barmherzigen Seite und gewährte ihnen schließlich eine heile Ankunft vor der Küste Cres´. In der Anlegestelle in Merag ging man vor Anker. Der Kerl, der soeben noch fluchend an Land stand und den Kutter anleinte, kam wild gestikulierend an Bord. Während er den Kapitän lautstark beschimpfte, und einen Fluch nach dem anderen zum besten gab, entledigten sich die Mitreisenden ihrer Schwimmwesten. Ramona hatte noch immer mit dem Brechreiz zu kämpfen und Scott erweckte den Eindruck, dass er schleunigst die Schiffsschaukel verlassen wollte. Murdoch unterbrach das Gezeter der Einheimischen.

»Ganz schön beschissen bei dem Wetter arbeiten zu müssen, was?«

»Na das kannst aber laut sagen, aber irgendjemand muss ja hier sein. Für den Fall, dass so bekloppte wie ihr auftauchen…«, polterte er weiter.

»Zumindest wird dir dann nicht langweilig, oder? Kannst ja jetzt wieder zu deinen Kollegen gehen

196

und Karten spielen oder was auch immer ihr an so einem Tag sonst macht«, gab Murdoch kühl von sich, was den andern sofort wieder zum Kochen brachte.

»Karten spielen? Bist du irre? Glaubst du im Ernst, es gäbe hier noch so einen Idioten wie mich, der heute zur Arbeit geht? Die sitzen alle schön zu Hause im… «

Der Satz wurde jäh unterbrochen. Zwei in Windeseile abgefeuerte Kugeln brachten das Geschnatter und zwei Insulaner zum Erliegen. Der Kapitän saß mit aufgerissenen Augen und einem Loch in der Stirn auf dem Boden, den Hinterkopf ans Steuerrad gelehnt, als würde er nach der Überfahrt gedankenverloren eine Pause genießen. Das Plappermaul lag, vornüber gekippt, davor, mit der rechten Hand schien er sich an das nicht mehr schlagende Herz fassen zu wollen. Ramona übergab sich augenblicklich erneut, während Scott mit aufgerissenem Mund und weit geöffneten Augen die Szenerie musterte, unfähig seine Gedanken in Worte fassen zu können. Murdoch schnauzte die weibliche Begleiterin an, verärgert und angewidert darüber, dass die Reste des verspeisten Frühstückseies nun an seinen Schuhen klebten. Der Anblick der beiden toten Männer hingegen ließ ihn kalt.

»Verdammt Murdoch, was soll das denn jetzt?« Scott fand seine Sprache wieder, wobei ihm der Schock deutlich anzusehen war. Nie zuvor war es ihm in den Sinn gekommen einen Vorgesetzten in diesem Tonfall anzuschreien.

»Mach dich locker Scott. Wir haben was zu erledigen.«
Murdoch griff in die Hosentasche des Kapitäns, um nach dem Portemonnaie zu suchen. Zuvor musste er ihn in liegende Position bringen, durch einen unsanften Schubs, plumpste dessen Kopf mit einem dumpfen Knall auf den Boden. Der Glatzkopf murmelte vor sich hin, dass er das ja nun sowieso nicht mehr spüren würde. Die für die Überfahrt bezahlten Kuna nahm er heraus und steckte sich die Geldscheine in die Innentasche seiner Regenjacke. Danach nahm er das restliche Geld an sich, mit dem Vermerk, es wäre die Entschädigung für den ruppigen Fahrstil. Das Plappermaul, welcher ihm auf Anhieb den Nerv raubte, musste als Wiedergutmachung für das Gejaule mit seinem Autoschlüssel dienen.

»Fasst mit an ihr beiden! Wir werfen sie über Bord. Und es wird Zeit, dass ihr euch wieder unter Kontrolle bringt.«

Sie gehorchten und Neptun bekam zum Dank für die geglückte Überfahrt doch noch seine Opfergaben. Das Ziel war nun zum Greifen nah. Während der Rudelführer mit dem entwendeten klapprigen Einser-Golf die Serpentinen hoch bretterte, war Ramona merkwürdig still und in sich gekehrt. Scott hakte nochmals nach, warum Murdoch die beiden unbedingt erschießen musste, doch diesmal schlug er einen deutlich vorsichtigeren Ton an.

»Was machst du dir solche Gedanken über zwei Taugenichtse? Mir kommt so langsam der Verdacht auf, dass du vergisst, um was es hier geht. Muss ich davon ausgehen, dass das die ersten Anzeichen sind, wie bei der da hinten?« Mit einer Kopfbewegung deutete er zu Ramona auf dem Rücksitz. Dieser entging das nicht: »Was für Anzeichen? Was ist mit mir?«

Nervös huschte Scotts Blick von seinem Anführer zu Ramona und wieder zurück. Murdoch wurde bissig.

»Halt dich zurück. Mach deinen Job wie aufgetragen und alles ist gut. Erinnere dich, wo wir herkommen, und ordne deine Gedanken, sonst… « Ramona fiel ihm ungläubig ins Wort: »Sonst? Murdoch, was geht hier vor? Womit habe ich dir Anlass gegeben, mit meiner Arbeit unzufrieden zu sein? Ich verstehe wirklich nicht, warum du mich kritisierst.«

»Natürlich verstehst du nicht. Ich wollte unsere Heimkehr abwarten und dann schauen, ob du dich stabilisierst. Aber du gefährdest unseren Auftrag. Was glaubst du, wen wir dort oben antreffen?« Murdochs Mine lies deutlich erkennen, dass er nicht zu einer Diskussion bereit war und Ramona wog ihre Worte ab. Sie verstand wirklich nicht, warum er so aufgebracht war. Wieso wollte er wissen, was sie glaubte? Selbstverständlich wusste sie, wen sie antreffen würden. Sie waren hauptsächlich hinter Susi her. Sie würden jetzt, obwohl es anders geplant war, dort auch auf Schuhmacher und Gudelj treffen. Und der Verräter Pierre würde sich ihnen entgegenstellen. Dies gab sie so nun auch ihrem Vorgesetzten wieder.

»Und? Was ist unsere Aufgabe? Warum mussten wir bis nach Kroatien fahren, um den Auftrag zu erledigen?«, vergewisserte sich das Muskelpaket. War noch Verlass auf sie? Er musste nun auf Nummer sicher gehen.

»Du testest mich. Aber gut, wie du meinst. Da der Verräter Pierre dazwischen funkte und uns Susanne entwendete, konnten wir den Plan nicht wie geplant durchführen.«

»Der Plan war wie folgt: Ich höre!?«

»Susanne von Gudelj fernzuhalten. Bis zum 5. November 2015 hätten sie sich nicht begegnen dürfen. Wie in bisher einer anderen Dimension auch, hätten wir dafür sorgen müssen das ihr Gudelj an diesem Datum vor das Auto läuft. Sie hätte erfahrungsgemäß zwar noch rechtzeitig reagieren können und das Lenkrad herumgerissen. Doch der betrunkene Schuhmacher wäre genau deswegen das Opfer gewesen.«

»Soweit so gut. Und warum das alles?«

»Damit sie kein Paar werden. Gudelj und Susi. Die beiden dürfen das Kind nicht zeugen. Bist du nun zufrieden?«

Murdoch war noch nicht zufrieden. Denn der wichtigste Punkt blieb noch ungeklärt und deswegen prüfte er sie weiter.

»Und wer hat dafür gesorgt, dass Pierre sich einmischt, dass der Plan nicht wie geplant durchgeführt wurde?«

Ramona hob den Kopf: »Die Schöpfer.«

Eine Vollbremsung mitten auf der Straße ließ die Frau vom Rücksitz gegen den Fahrersitz krachen. Nur die Gurte verhinderten, dass die beiden im vorderen Teil des Wagens nicht hinausgeschleudert wurden. Ramona röchelte und krümmte sich vor Schmerzen.

»Verdammtes Weibsstück! Verstehst du nun? Du bist infiziert. Es gibt keine Schöpfer. Soll ich dir die Erinnerung an alles Gelernte ins Hirn prügeln oder kommst du nun von selbst wieder darauf?«

Ramona war unfähig, irgendetwas zu erwidern. Sie hielt sich die Brust und hustete. Sie spuckte Speichel aus, doch darüber war sie froh. Kein Blut. Sie hoffte, keine inneren Verletzungen davon getragen zu haben. Murdoch schien dies egal zu sein. Sie begriff, dass plötzlich auch sie sich in einer heiklen Lage befand. Von der Jägerin zur Gejagten oder so ähnlich, dachte sie. Murdoch zog seine Knarre aus dem Handschuhfach und hielt sie Ramona an die Stirn.

»Sprich! Lass hören. Sofort oder ich puste dir das Licht aus.« Der Glatzkopf schien die Beherrschung zu verlieren.

»Nicht. Bitte. Murdoch, nein«, winselte plötzlich Scott.

Der Drohende ließ den Blick auf Ramona haften. Sekunden wurden zu einer halben Ewigkeit. Doch schlussendlich drehte er sich wieder herum und steckte die Waffe unter seinen linken Schenkel. Er drehte den Schlüssel herum. Mehrmals. Das alte Gefährt protestierte. Doch auch die verrostete Karre schien sich nicht mit dem Muskelpaket anlegen zu wollen und der Motor heulte auf. Keiner sprach.

Sie wären gut beraten, alle drei, die Nerven wieder in den Griff zu bekommen. Die nächsten Stunden würden zeigen, ob man sich, zuhause angekommen, würde feiern lassen können oder ob der Auftrag in einer Tragödie enden würde. Ramona glaubte schon zu erahnen, wie es für sie enden würde. Egal ob der Job positiv oder negativ beurteilt würde, sie hätte ein Problem. Nein, das Problem war schon zugegen. Welchen Weg sollte sie nun einschlagen? Die verschiedensten Varianten huschten durch ihre emsig arbeitenden

Gehirnzellen, doch noch war sie unschlüssig, wie sie nun vorgehen sollte. Zu dem starken Wind kam nun auch noch Regen hinzu. Erst vereinzelte Tropfen, doch schon nach ein paar Minuten prasselte es nur so hernieder, dass ein weiteres Gespräch nicht möglich gewesen wäre, ohne sich die Seele aus dem Leib zu schreien.

26

Schuhmacher war der Erste, der die kurze Nacht beendete und sich zu den alten Gastgebern hinunter begab. Der Schrei seines Körpers und Geistes nach etwas Hochprozentigem ließ ihn nicht länger schlafen. Fröstelnd klopfte er an die Holztüre und ärgerte sich über den Wind, der durch die Gassen pfiff. Ein Grund mehr für ein oder zwei Schnäpse zum Frühstück. Etwa eine Stunde später weckte Pierre die anderen. Nach der Morgendusche fanden sich schließlich alle in der Wohnküche wieder und besprachen bei einer Tasse Mocca den Ablauf der nächsten Stunden. Susanne und Stipe war die Anspannung deutlich anzusehen.

Pierre und McGregor schienen eher konzentriert zu sein, während der alte Ivo und Schuhmacher geschwätzig bemüht waren, sich von innen zu wärmen und einen Kurzen nach dem Anderen kippten.

»Ivo, wie oft habe ich dir gesagt, du sollst nicht schon zum Frühstück trinken?«, herrschte ihn Maria an, während sie das Frühstück servierte. Weißbrot, Spiegeleier, Käse, Schinken und Speck. Wie in der Nacht zuvor auch.

»Was nörgelst du schon wieder? Ich trinke doch nur zum Eigenschutz. Oder willst du, dass ich nachher erfriere, wenn wir bei dem Dreckswetter zur Grotte hinunter gehen?« Schuhmacher nickte bestätigend und amüsierte sich über die Reaktion des Buckligen. Maria schaute in die Runde und richtete ihre Aufmerksamkeit in erster Linie auf Pierre.

»Sei doch wenigstens du so vernünftig und verschiebt euren Ausflug auf morgen. Oder willst du die Verantwortung übernehmen, falls sich jemand das Genick brechen sollte?«

»Tut mir leid Maria. Wir können es leider nicht verschieben aber ich werde gut auf alle acht geben.«

Die Gastgeberin bekreuzigte sich und schien ihr Wort an höhere Mächte zu richten. Stipe flüsterte Susi ins Ohr, dass er keinen Kontakt mehr zu seinem Auftraggeber gehabt hätte, seit sie in Lubenice angekommen waren und er es nicht mehr erwarten könnte, loszugehen. Die Blondine erwiderte, dass sie gestehen müsste, ein ungutes Gefühl zu haben, konnte es aber nicht näher definieren. Nachdem man das üppige Mahl hinter sich gebracht hatte, schlug der Bucklige mit der offenen Hand auf den Tisch, sodass alle erschraken. Dies schien er gerne zu tun, erntete dafür aber erneute Kritik seiner Lebensgefährtin, dennoch schienen die Beiden wirklich zusammen zu gehören.

»Auf geht's Leute! Wir sollten aufbrechen. Es ist zwar nicht allzu weit. Aber es hat stark angefangen, zu regnen, und wir müssen einen steilen Trampelpfad hinabwandern. Könnte eine rutschige Angelegenheit werden.« Kaum hatte der alte Ivo die Worte ausgesprochen, machte sich die Truppe auf den Weg. Schon nach den ersten Metern, noch immer in den Gassen der Siedlung, biss sich der Wind in die Gesichter der Auserkorenen. Keiner sprach. In sich gekehrt kämpfte man sich Schritt um Schritt voran. Unweit des öffentlichen Parkplatzes, am Eingang der Siedlung, verließ man den asphaltierten Untergrund, um auf unbefestigter, aufgeweichter Erde weiter in Richtung Trampelpfad zu waten. Die Köpfe, der Kälte wegen eingezogen und nach unten schauend, fiel keinem in der Truppe auf, dass in einigen Metern Abstand ein weißer Golf am Wegesrand parkte. Ein altes, verrostetes Gefährt mit einheimischem Autokennzeichen. Aber eines das zu keinem der Bewohner Lubenices gehörte und auch keines, das am Vorabend schon hier gestanden hatte. An einem schmalen Wegchen angekommen, welches sich schlängelnd, steil hinab, bis ans Ufer wendete, blieb der alte Ivo stehen und wartete, bis sich ein Halbkreis um ihn formte. Er musste laut schreien, um dem Wind zu trotzen. Obwohl sie erst ein paar Minuten unterwegs waren, klebten ihnen die pitschnassen Klamotten an den zitternden Körpern.

»Wir laufen jetzt hier hinunter, einer nach dem andern. Seid vorsichtig, damit ihr nicht den Halt unter den Füssen verliert. Wenn wir unten angekommen sind, fahren wir mit meiner kleinen Barke weiter zur blauen Grotte. Man kommt nur übers Wasser hinein. Aber es ist nicht weit, sodass uns die Bura nichts anhaben wird. Wir bleiben sowieso in Ufernähe.«

Alle nickten wortlos. Mit einem Wink forderte der Alte seine Gefolgschaft auf, weiterzugehen.

Nicht mal dem sonst so vorsichtigen und mit allen Eventualitäten rechnenden Pierre fiel auf, dass sie beobachtet wurden und dass ihnen mit einem gewissen Sicherheitsabstand drei Personen hinterher schlichen.

Schon nach einigen Schritten kam Franz ins Rutschen und mit einem heftigen Aufschrei landete er auf seinem Gesäß, schlitterte ein gutes Stück den Berg hinab und verfehlte dabei nur um ein Handbreit den buckligen Ivo, welcher verärgert einen kroatischen Fluch hinterherschrie. Ein Gestrüpp, das aus der hier felsigen Erde, trotzig wie ein Skelett sein Geäst in die Luft ragte, verlieh ihm wieder Halt. Herzklopfend richtete er sich vorsichtig wieder auf. Pierre reichte ihm die Hand, um ihn wieder auf den Trampelpfad zu ziehen. In sicherem Abstand hielt Stipe Susi an der Hand, um sie vor einer ähnlichen Situation zu bewahren. Im Schneckentempo kroch man langsam weiter. Stück für Stück dem tosenden Meer entgegen. Bald schon erblickte man die hölzerne Barke, welche im schäumenden Gewässer auf und ab wippte. Endlich am Ufer angekommen, ließen sich Stipe, Susi und Franz abgekämpft in den Sand fallen. McGregor setzte sich schwer atmend auf einen silbrig grauen Felsen. Pierre und der nimmermüde Ivo zogen das Boot an Land. Erneut war es der Alte, der die Truppe aufforderte, durchzuhalten. Erstaunt darüber, wie es möglich war, dass der in die Jahre Gekommene scheinbar die größten Kraftreserven hatte, bissen alle die Zähne zusammen und rafften sich noch einmal auf, um im Boot Platz zu nehmen. Die ersten Zweifel kamen auf, ob man das Risiko wirklich eingehen sollte, bei diesem Wellengang das sichere Ufer zu verlassen. Zu spät. Ivo brachte den Motor zum rattern und beschwichtigte die Erschöpften mit den Worten, er wäre mit dem Meer aufgewachsen und er wüsste schon, was er tue. Die Nussschale peitschte durch die Wellen, bis man schon nach wenigen Minuten an einem Felsvorsprung ankerte. Neugierig aber verwundert schauten alle den Bootsführer an.

»So, eine Überraschung habe ich jetzt schon für euch.« Ivo stand plötzlich in der hin und her schaukelnden Barke.

Sämtliche Blicke waren auf ihn gerichtet, ungläubig verfolgte die Truppe die weitere Vorgehensweise. Ivo riss sich sämtliche Klamotten vom Leib und stand nur in eine dunkelblaue Badehose gehüllt sprungbereit am Bug des Bootes. Er drehte sich noch einmal herum.

»Wenn ihr sie wirklich sehen wollt, dann müsst ihr mir jetzt hinterher schwimmen, besser gesagt tauchen. In die Grotte kommen wir nur durch den Unterwasserdurchgang.« Er zögerte keinen weiteren Augenblick. In das wirbelnde Meer eintauchend bekam er nichts von Susis Protesten mit.

»Wie bitte? Das halte ich mal für gar keine gute Idee.« Susi hatte die Augen weit aufgerissen. Stipe biss sich auf die Unterlippe, während Franz Partei ergriff und Susanne zustimmte. Pierre erhob sich und blickte in die Runde.

»Es bleibt euch überlassen, wie ihr euch entscheidet. Aber ich an eurer Stelle würde keinen Augenblick zögern.« Er streckte seinen Arm aus und deutete mit ausgestrecktem Zeigefinger in Richtung Grotte, welche keine fünf Meter entfernt vor ihnen lag.

»Wollt ihr nach den ganzen Strapazen kurz vor dem Ziel aufgeben?«

McGregor ergriff Susannes Hände und schaute einem nach dem anderen eindringlich in die Augen.

»Pierre hat Recht. Es ist doch nur Wasser und wenn der Alte Ivo sich hinein traut, kann es so gefährlich schon nicht werden. Lasst uns nun all unseren Mut zusammen nehmen. Ich denke doch, jeder von uns ist gespannt, was und wer uns dort erwartet, oder etwa nicht?« Stipe versprach der zitternden Blondine, auf sie acht zu geben. McGregor setzte sich an die Kante des Bootes und ließ sich ins Wasser gleiten. Das kalte Nass brachte ihn dazu, in Windeseile die Beine und Arme zu bewegen. Bevor er zum Tauchgang ansetzte, schrie er den Verbliebenen zu, sie sollten sich beeilen. Als Nächstes sprangen Stipe und Susi in die Adria. Mit den Füßen voraus. Als ihre Köpfe kurz darauf wieder über der Wasseroberfläche erschienen schnauzte ihnen Schuhmacher entgegen, sie wären geisteskrank. Doch in Sekundenbruchteilen ereilte ihn Panik. Er allein in dieser Nussschale? Der Wellengang wurde heftiger. Laut fluchend stürzte er hinterher. McGregor ruderte vor dem Eingang der Grotte vor sich hin, ohne sich weiter fortzubewegen. Er wartete, bis die anderen drei zu ihm aufschlossen. Ivo und Pierre waren nicht zu sehen. Sie mussten sich wohl schon innerhalb der Felshöhle befinden. Die Wellen tauchten das Grüppchen immer wieder für einen Wimpernschlag unter Wasser. In einem Moment, der genügend Zeit ließ ein paar Worte zu wechseln und nach Luft zu schnappen, war es diesmal Stipe, der darauf drängte, sich weiter voran zu kämpfen.

»Auf geht´s, Leute! Ein Tauchgang noch und dann lassen wir uns mal überraschen. Ich muss ehrlich sagen, dass ich das Spielchen hier satthabe. Lasst uns nachschauen, was das ganze Versteckspiel soll.«

Vielleicht zum ersten Mal herrschte allgemeine Einigkeit und man ließ sich vom Wasser einschließen. Das Meersalz brannte leicht in den Augen. Aber die Sicht unter Wasser wurde schon nach wenigen Sekunden klarer. Und, obwohl man davon ausgegangen war, man würde damit zu kämpfen haben nach Luft zu schnappen, drang früher als erhofft leuchtendes türkisblaues Licht zu ihnen heran. Das Wasser war urplötzlich vollkommen klar und durchsichtig. Man konnte auftauchen. In diesem felsigen Raum war aus unerfindlichen Gründen nichts von dem heftigen Wellengang draußen und der drohenden Bura zu spüren. Alle vier schnappten nach Luft und wischten sich das Meerwasser aus dem Gesicht. Man konnte hier sogar stehen und das adriatische Nass ging einem bis zur Brust. Schweigend und staunend betrachtete ein jeder die grau-silbrigen Felswände und das fast schon mystisch erscheinende Farbenspiel des leuchtenden Wassers.

»Wo sind die anderen?«, fand Susi als Erstes die Worte wieder.

»Ivo? Pierre?«, rief Stipe nach den beiden vorangeschwommenen Begleitern. Doch auch als Franz und der Schotte mit einsprangen und lauthals nach den beiden riefen, musste man alsbald feststellen, dass sich niemand außer ihnen in der Grotte befand. Wie konnte das sein? Nicht zum ersten Mal wurde das Grüppchen von einem mulmigen Gefühl ergriffen. Wie konnte das nur möglich sein? Man drehte sich im Kreis und schaute, ob es irgendwo noch einen Durchgang gäbe, aber auf den ersten Blick war nichts zu erkennen. Sie konnten sich doch nicht in Luft aufgelöst haben?

»Oh mein Gott, sie werden doch nicht ertrunken sein?« Susannes Stimme zitterte. Zum Teil, weil es so langsam wirklich kalt wurde so im Wasser stehend, Gänsehaut breitete sich auf den Körpern aus, zum anderen, weil sie nun doch wirklich Angst verspürte, dem alten Ivo und Pierre sei etwas zugestoßen.

McGregor versuchte sie zu beruhigen: »Nein, davon sollten wir nicht ausgehen. Es wäre uns bei unserem Tauchgang mit Sicherheit aufgefallen. Schließlich ist das Wasser vor der Grotte nicht sehr tief.«

Auch Franz mischte sich nun ein: »Aber wo zum Teufel sind sie dann? Was sollen wir denn nun tun? Ich verstehe das nicht. Inzwischen hab ich ja mit allem gerechnet, aber nicht damit, dass hier *nichts* geschieht. Außer, dass sich zwei von uns in Luft auflösen.«

Stipe tauchte erneut unter, obwohl dieser Vorgang unnötig erschien, da das Wasser so durchsichtig und klar war, dass man deutlich den Untergrund erkennen konnte. Ratlosigkeit machte sich breit.

27

Außerhalb des Felsens, am Sandstrand, starrte Murdoch grimmig in Richtung des auf und ab wippenden Bootes. Ramona stand etwas abseits der beiden Männer und knabberte nervös an ihrer Unterlippe. Ihre Gedanken lagen im Wettstreit darüber, was sie als Nächstes tun solle. Nie im Leben hätte sie damit gerechnet, dass sie sich eventuell den Vorgaben ihres Vorgesetzten widersetzen würde, aber in den letzten Stunden veränderte sich so einiges. Sie waren doch die Guten! Warum war also Murdoch dazu fähig, zwei Menschenleben auszulöschen und dabei auch noch so kühl zu bleiben? Die Blaue Grotte lag in Sichtweite und eine Stimme in ihr wurde immer lauter. Sie musste vor Murdoch und Scott das Ziel erreichen und den Schöpfern gegenüber treten. Was auch immer danach geschehen würde, aber eines schien ihr als absolut sicher zu sein: Würde sie aus irgendeinem Grund Murdoch noch einmal verärgern, ließe er sich nicht mehr zurückhalten und er würde auch sie zu Fischfutter verarbeiten. Sie schielte vorsichtig zu den Männern. Die beiden

unterhielten sich und Ramona schien sie im Augenblick nicht sonderlich zu interessieren. Sie fasste all ihren Mut und ruckartig drehte sie sich weg von ihren Kollegen und sprintete, so schnell sie nur konnte, los in Richtung Grotte. Doch schon nach den ersten Schritten fluchte sie innerlich und erkannte ihren Fehler. Der Sand bremste ihren Vorwärtsdrang und sie kam nicht so schnell voran, wie sie es sich erhofft hatte. Doch nun war es zu spät. Sie durfte auf keinen Fall stehen bleiben. Die graue Felswand fest anvisiert geschah etwas Merkwürdiges. Sie glaubte, für einen winzigen Augenblick ihren Augen nicht trauen zu können. Die steinerne Wand, auf die sie sich zu bewegte, begann in den verschiedensten Farben zu schimmern und zu vibrieren. Doch noch bevor sie das Gesehene richtig verarbeiten konnte, meinte sie einen lauten Knall zu hören. Einen Wimpernschlag später hörte und sah sie nichts mehr. Murdoch schüttelte verärgert den Kopf: »Verräterin!«
Scott hielt fassungslos die Hände vors Gesicht. Sein Vorgesetzter war skrupellos. Doch so schockierend diese Erkenntnis auch war, er würde einen Teufel tun und ihn kritisieren. Dieser Job musste zu Ende gebracht werden. Es galt alles dafür zu tun, was

dieser arrogante, ekelhafte Glatzkopf von ihm verlangen würde, aber sobald sie zurück wären, in der heimischen Welt, würde er den Erleuchteten Bericht erstatten. Diese Vorgehensweise konnte nicht in ihrem Sinne sein, dessen war er sich sicher.

»Nimm die Hände runter und komm. Wir gehen da jetzt rein und bringen es zu Ende«, befahl Murdoch. Obwohl es schon die ganze Zeit eisig kalt war, schien die Temperatur nochmals schlagartig um mindestens zehn Grad zu fallen.

28

»Was war das? Habt ihr das gehört?« Susi spitzte die Ohren.
Fragend schauten sie die anderen an.
»Was war das für ein Knall?«, fragte sie.
Niemand schien etwas bemerkt zu haben. Doch bevor man etwas erwidern konnte, zuckten sie zusammen. Wild plapperten alle durcheinander. Panik machte sich breit. Das ruhige Gewässer kam erst langsam dann immer heftiger in Bewegung. Schreie. Das Meer verwandelte sich in der blauen

Grotte zu einem reißerischen Strudel. Die grauen Felswände schienen zu vibrieren und in den verschiedensten Farben abwechselnd zu leuchten. McGregor wurde als erster von den Beinen gerissen und verschwand in dem schäumenden Wasser. Franz verschwand nur einen Augenblick später und Susi schaffte es gerade noch, sich mit den letzten Kräften um Stipes Hals zu schlingen. Das Wasser wirbelte sie umher. Orientierungslos hatte die Blondine nur einen Gedanken: *Nicht loslassen!*

Bilder ihrer Kindheit durchfluteten sie. Schon längst vergessene Jugenderlebnisse spielten sich wie ein Film vor ihrem geistigen Auge ab. Bald würde sie nach Luft schnappen müssen. Sie meinte Stipes Hände auf ihrem Rücken zu spüren. Das würde wohl das Letzte sein, was sie spüren würde. Ironie des Schicksals. Sie würde mit ihrer Jugendliebe in den Tod gehen, besser gesagt untergehen und das, ohne jemals seine Lippen auf ihren gespürt zu haben. Der Moment war gekommen. Der Drang, Luft zu schnappen, war übermächtig geworden. Wie verrückt war das alles, warum summte sie in Gedanken nun den Song: *What if God was one of us?* Kurz darauf dachte sie: *Stipe ich liebe dich.*

Vorbei! Sie riss den Mund weit auf. Das Wasser, das sie umgab, würde sie nun durchfluten. Ein kurzes Leben ging dem Ende zu. So viele Pläne und Wünsche blieben zurück. Ein tiefer Atemzug. Susanne riss die Augen auf. Sie plumpste auf einen harten, glatten Marmorboden. Stipe hielt sie in den Armen, wodurch der Aufprall etwas abgefedert wurde, und nur die Knie wurden durch einen kräftigen, stechenden Schmerz in Mitleidenschaft gezogen. Aber was geschah hier? Sie lebte. Oder? Wo war das Wasser? Vielleicht war sie doch tot? Vielleicht ging es doch weiter und sie starben gerade beide, um jetzt in einer anderen Ebene zu sich zu kommen? Stipe blickte ihr in die Augen. Er fasste sich an den Rücken. Mit schmerzverzerrtem Gesicht fragte er sie, ob sie okay wäre? Ruckartig richteten sich die beiden auf. Ohne eine weitere Überlegung presste Susanne ihre Lippen auf Stipes. Kurz darauf schluchzte sie und legte ihren Kopf an seine Brust. Er strich ihr über die Haare. Die Herzen klopften heftig, doch der kurze Anflug von Romantik erlosch augenblicklich, als sie die Umgebung musterten. Wo waren sie? Irgendwie schien es dieselbe Grotte zu sein, doch kein Eingang war zu erblicken und die gegenüberliegende Seite, die noch vor wenigen Minuten eine graue Felswand war, bestand aus einem hohen Rundbogen. Die Wände waren mit fremdartigen Schriftzeichen verziert, welche in goldenen Farben leuchteten. Die Luft verbreitete ein Aroma, welches leicht nach Zimt und Vanille roch. Vor ihnen lag ein rundes Becken, mit türkisfarbenem Wasser darin.

»Was ist denn hier geschehen? Und wo sind die anderen?«, fragte Stipe ungläubig.

»Hallo?«, rief Susanne. Nichts. Keine Antwort. Stipe nahm die Blondine an der Hand und zögerlich begab man sich in Richtung Torbogen. Plötzlich blieb die junge Frau stehen. Ihr Blick schien gedankenverloren und sie lächelte scheinbar grundlos.

»Susi? Was ist?«, fragte Stipe erstaunt.

»Spürst du es denn nicht?«

»Was soll ich spüren?«

Doch noch bevor er weiter nachfragen konnte, erschienen wie aus dem nichts drei Gestalten hinter dem Torbogen. Regungslos standen sie da. Leise Musik war zu vernehmen. Keine Musik, die einem bekannt vorkommen würde und doch vertraut und beruhigend. Die mittlere Gestalt hob die Arme, so als würde sie die beiden begrüßen und zum näherkommen auffordern. Warum nur verspürte er keine Angst? Die Personen dort strahlten auf ungewöhnliche Weise etwas Beruhigendes aus. Susanne schaute zu Stipe auf.

»Komm Stipe. Ich glaube, wir sind angekommen.« Wenige Schritte später standen sie direkt vor den lächelnden, in weiß gekleideten Personen. Ihre Augen waren so glasklar und blau, als würde man in Saphire schauen. Der Kleinste von ihnen überragte Stipe locker um einen ganzen Kopf. Sie waren schlank und hochgewachsen. Es waren eindeutig Menschen und doch schienen sie keinem auf der Erde befindlichen Kontinent zuzuordnen zu sein. Die Haare weiß wie Schnee und die Nasen deutlich kleiner als bei anderen Menschen. Der in der Mitte Stehende neigte leicht seinen Kopf zur Seite und ergriff das Wort: »Wir haben euch erwartet, wie ihr wisst, und ihr habt eine Menge Fragen. Fürchtet euch nicht, denn wir sind hier, weil wir euch lieben.«

Die Stimme erkannte Stipe auf Anhieb.

»Ich stand mit dir in Kontakt. Ich glaube, mir fehlen im Moment die passenden Worte.«

Die Fremden lächelten ohne Unterbrechung. Die Blicke schienen bis zur Seele durchdringen zu können. Geduldig warteten sie ab. Susi fasste Vertrauen, ohne sich darüber im Klaren zu sein, wieso dies überhaupt möglich war.

»Wer seid ihr? Was wollt ihr eigentlich von uns? Wo sind wir hier überhaupt? Wo sind die anderen? Unsere Freunde?«

»Kommt, wir sollten uns setzen und dann werden wir euch alles, soweit dies möglich ist, erklären.« Die drei fast engelsgleichen Fremden führten sie zu einer Sitzgelegenheit, die dem Aussehen nach aus Leder war aber sich wie feste, verdichtete Watte anfühlte.

»Wir sind Menschen. Der Unterschied zu euch ist der, dass wir zugleich für eure Schöpfung verantwortlich sind.« Obwohl sich Stipe und Susi auf unerklärliche Weise in der Gesellschaft dieser Wesen wohlfühlten, mussten sie das eben Behauptete erst einmal verarbeiten und auf ihre Glaubwürdigkeit hin einzuordnen versuchen. War dies nun tatsächlich die Wahrheit? Wie würde man einschätzen können, was wahr ist und was nicht?

»Gut. Das höre ich ja nun nicht zum ersten Mal. Ich sehe auch, dass wir nicht *gleich* sind. Aber solltet ihr also tatsächlich unsere Schöpfer sein, dann kommen jetzt einige Fragen auf euch zu«, gab der Kroate vorsichtig zu verstehen.

Die drei Wesen lächelten noch deutlicher.

»Selbstverständlich. Wir werden euch nichts verheimlichen.«

Susi warf eine Frage ein: »Okay, also zuallererst, bevor ihr irgendetwas erklärt, wo sind unsere Freunde?«

»Sie sind hier. Genau hier«, gab der Wortführer selbstsicher zu verstehen.

Irritiert schauten sich Stipe und Susanne um.

»Hier? Ähm… außer uns ist hier niemand, soweit ich das beurteilen kann«, entgegnete Stipe.

»Das ist eine eurer falschen Annahmen in eurer Dimension und eurer Kultur.«

Das junge Pärchen hob fragend die Hände.

»Ihr lasst euch von euren Sinnen täuschen. Ihr glaubt an das, was ihr seht. Aber erklärt mal einem von Geburt an Blinden die Farbe grün. Alles existiert zeitgleich und alles befindet sich an einem Ort. Was ihr, Zeit und Raum nennt, ist ein Konstrukt eures Geistes.«

»Das sind, glaube ich, nicht die Erklärungen, die wir zu erfahren gewünscht haben«, gab Stipe zu verstehen.

»Nun gut. Dann werden wir Schritt für Schritt vorgehen. Lasst mich euch nur von vornherein versichern, dass es euren Freunden gut geht.«

»Nun gut, ihr seid also unsere Schöpfer. Wie passt das mit unserem Glauben zusammen, es gäbe einen Gott?«, wollte Susanne wissen.

»Das eine schließt das andere nicht aus. Euer Gott ist auch unser Gott. Doch Gott ist keine Person. In allen euren heiligen Schriften wurde es abermals erklärt. Ich bin das Alpha und Omega ist nur ein Beispiel. Gott *ist* alles. Gott *ist* zeitlos und überall. Da dies so ist, ist Gott auch in Euch so wie in uns. Und da dies so ist, sind wir und auch ihr ein Teil Gottes. Wir sind eure Schöpfer im biologischen Sinne. Wir haben euch nach unserem Ebenbild erschaffen. Auch das dürfte euch bekannt vorkommen. Nur habt ihr uns als Schöpfer und den großen Geist miteinander vermischt. Eines eurer vielen Irrtümer.«

»Aber wenn dem so ist, warum zeigt ihr euch nicht der Öffentlichkeit? Und warum habt ihr uns hierher geführt?«, hakte Susi nach.

»Weil wir das Leben und die Entwicklung einer jeden Spezies respektieren. Solange es keine Gefahr für das große Ganze darstellt, halten wir uns bedeckt. Doch wir verstecken uns nicht. Wie oft wird von Sichtungen berichtet und es wird dann ins Lächerliche gezogen. Übrigens, diejenigen, die in eurer Dimension die Fäden ziehen, wissen über uns Bescheid, aber es passt nicht zu ihren Zielen, die Öffentlichkeit über die Wahrheit zu informieren.«

»…und noch mal, was haben wir mit alledem zu tun? Warum sind wir hier?«, fragte diesmal Stipe nach.

»Genau deshalb, weil das große Ganze in Gefahr ist. Ihr geht davon aus, dass ihr aus diesem Körper besteht, und euer Gehirn ist die Schaltzentrale. Doch das ist nicht mal ein Prozent eures Wesens. Ihr existiert mit eurer Seele, eurem Geist zeitgleich in vielen verschieden Zeitebenen und Dimensionen. In der einen oder anderen Form.«

»Halt, halt… langsam. Selbst wenn ich euch abnehme, dass ihr unsere menschliche Rasse irgendwann vor grauer Zeit erschaffen haben solltet, so erscheint mir die Vorstellung, dass ich zur gleichen Zeit woanders existiere ziemlich abwegig. Ich müsste es ja schließlich wissen. Ich müsste irgendeine Art Einblick haben«, reagierte Stipe skeptisch.

»Das, was du wirklich bist, dein Über-Ich, weiß Bescheid. Du hast dich sozusagen einer freiwilligen Amnesie unterzogen, um die verschiedensten Realitäten leben zu können, und um diese Erklärungen abzukürzen, denn mit eurem Verstand, eurer Logik kommen wir nicht weiter, lasst es uns beweisen.«

Die Wesen streckten ihre Hände aus und forderten das junge Pärchen auf, es ihnen gleich zu tun. Nach kurzem Zögern folgten sie den Anweisungen. Wie einem fünfzackigen Stern ähnelnd standen sie da. Die Fremden legten ihre langen Finger auf die Hände der Wissbegierigen. Als würde sie ein leichter Stromschlag durchdringen, zuckten die beiden kurz zusammen. Was dann geschah, glich einem Mysterium. Bilder, als wären es Erinnerungen, durchfluteten sie. Sie sahen sich selbst. Das Gefühl, das sie dabei überkam, rührte sie fast zu Tränen. Diese Bilder waren keine Visionen. Es fühlte sich einfach zu echt an. Dies waren Erinnerungen. Reale Ereignisse, von denen sie bisher nichts ahnten, doch nun spürten sie es deutlich. Das Tragische daran war, dass ihnen nicht gefiel, was sie sahen. Susi sah sich einen Wagen durch Stuttgart lenken. Plötzlich musste sie das Lenkrad herum reißen, da jemand auf die Straße rannte: Stipe. Sie schaffte es zwar, ihm auszuweichen, doch eine andere Person wurde von dem Fahrzeug ergriffen. In der nächsten Szene sah sie den Notarzt Franz Schuhmachers Augen schließen. Stipe sah die selben Bilder, nur aus seiner Sicht.

»Oh mein Gott, was war das?«, fragten die beiden schockiert.

»Deshalb seid ihr hier. Diejenigen, die euch verfolgen, haben dieses Ereignis so eingeleitet. In einer Parallel-Dimension. Dies wäre aber unter normalen Umständen nie geschehen. Wir sind hier, um euch davor zu beschützen, denn dasselbe möchten sie erneut einleiten.«

»Aber warum?«

»Weil sie um jeden Preis verhindern wollen, dass ihr beiden ein Kind zeugt.«

Susanne und Stipe schauten sich sprachlos an. Die Zuneigung, die sie füreinander empfanden, fühlte sich echt an. Es fühlte sich richtig an. Aber sie konnten das Gehörte nicht so recht einordnen.

»Warum sollten die das wollen? Und wenn das wahr ist, warum töten sie uns nicht einfach? Warum dieser Aufwand?« Stipe versuchte, das Ganze zu verstehen.

»Würden sie euch einfach nur töten, würde sich die Seele des Kindes ein anderes Ehepaar als Eltern aussuchen. Da dies bisher aber noch in keiner anderen Dimension der Fall war, ist den Zeitreisenden nicht bekannt, um welche Personen es sich handelt. Und es würde, aus ihrer Sicht, unnötigen Aufwand verursachen, dieses Paar ausfindig zu machen.«
Susanne glaubte, hier einen Denkfehler zu entdecken.

»Aber, wenn es doch Zeitreisende sind, können sie doch beliebig oft hin und her reisen. Es kann ihnen doch gar nicht so viel Arbeit machen herauszufinden, wer dieses andere Paar ist.«
Geduldig fuhr das weißhaarige, blauäugige Wesen fort.

»Der Begriff Zeitreisender trifft es nicht zu hundert Prozent. Eigentlich sind es Dimensionsspringer, wenn man so will. Sie gehen nicht wirklich in der Zeit zurück. Das können sie gar nicht. Ihre Wissenschaftler haben vor, aus ihrer

Sicht, zwei Generationen die Dim-Felder entdeckt. Sie wissen, wann und wo sich manche dieser Felder auftun. Aber sie können jeweils nur einmal in eine Parallel-Dimension und zurück wechseln. Wenn sie dort also etwas bewirken, verändern wollen, haben sie nur eine Chance. Ihre Zeit läuft ihnen gewissermaßen davon. Und das alles tun sie, um ihre Regierungsform, die Neue Weltordnung, in so vielen Dimensionen wie nur möglich einzupflanzen. Das Problem dabei: Das natürliche Gleichgewicht von Gut und Böse würde außer Kraft gesetzt werden. Deswegen wollen wir euch beschützen.«

»Was hat es mit dem, wenn es stimmt, mit unserem Kind auf sich?« Susi zitterte.

»Euer Kind wird das höchste und weiseste Indigo-Kind auf Erden sein.«

»Ein was?« Stipe zog die Augenbrauen zusammen.

»In eurer Welt kommen, seit ungefähr den 1970er Jahren, immer mehr sogenannte Indigo-Kinder zur Welt. Kinder, die sich ihrer göttlichen Verbundenheit bewusst sind. Kinder, die mit Gleichaltrigen und durchaus auch mit den meisten Erwachsenen Verständigungsschwierigkeiten haben. Diese Kinder sind es aber, die Eure menschliche Rasse auf die nächste Evolutionsstufe heben werden. Aus geistiger Sicht. Dies ist ein Grund, warum sich die Elite der Neuen Weltordnung dagegen sträubt. Das würde Machtverlust bedeuten und ihre Maschinerie wäre nicht mehr lange aufrechtzuerhalten.«

Stipe ergriff Susis Hand. Sollte das die Wahrheit sein? Unumstritten saßen sie hier mit Wesen zusammen, die nicht in Ihre Welt zu passen schienen, aber dennoch war es nicht einfach so hinzunehmen. Aber dieses Gefühl in ihnen, welches man nicht mit logischem Denken erklären konnte, sagte ihnen, das es richtig wahr. Realität.

»Was ist mit McGregor? Wie passt er zu dieser Geschichte?«

»Nicht McGregor in erster Linie. McGregors Töchter spielen eine zentrale Rolle. Wie ihr sagen würdet: In eurer Zukunft und der Zukunft eurer Tochter. Wichtig war es, einen Kontakt zwischen euch herzustellen, der euch auf ewig, durch das Erlebte, miteinander verbindet.«

Susi schmiegte sich an Stipe. Es mussten keine weiteren Worte gewechselt werden, um zu wissen: *Ihr Stipe!*

Obwohl Stipe noch einige Fragen hatte, wurden die beiden höflich aufgefordert, sich in das Becken zu stellen. Sie wären nun in Sicherheit und man würde sich in ein paar Jahren wieder begegnen. Das Pärchen ahnte es, Protest würde nichts bringen und man tat, was verlangt wurde. Augenblicklich wurden sie vom Wasser herumgewirbelt und erneut verlor man kurzzeitig die Orientierung. Doch irgendetwas war anders. Die beiden wehrten sich nicht dagegen und der Prozess schien dadurch viel schneller, als beim vorigen Mal voranzugehen. Beim Auftauchen schaute man dennoch etwas verdutzt in die Runde. Alle waren anwesend. Bis auf Schuhmacher.

29

Franz Schumacher gewann allmählich die Orientierung zurück. Er schnappte hastig nach Luft und glich einem Fisch, den man aus seiner gewohnten Umgebung gerissen und an Land befördert hatte. *Verfluchte Scheiße, was war das?* Er suchte die Umgebung nach etwas und nach jemand

Vertrauten ab. Alles Rufen half nichts. Er war allein in einem Raum, der zwar etwas Ähnlichkeit mit der Grotte hatte und dennoch ein anderer Ort zu sein schien. Plötzlich zuckte er zusammen. *Deja Vu*, durchfuhr ihn ein Gedanke. Neben seinem linken Ohr klingelte es heftig. Er riss seinen Kopf herum und erschrak bis auf die Knochen, als er in die Fratze des Harlekins blickte. Krächzend beugte er sich über ihn: »Franz ich kenne dich, du kennst mich nicht. Stehe auf, das Läuten verkündet die neue Sicht.«

Franz schlug unbewusst nach dem Clown, der ihn erschaudern ließ, als würde er einen Horrorfilm schauen. Seine Hand griff einfach so durch die weit aufgerissene Fratze hindurch. Ein Trugbild. Der Harlekin löste sich in Luft auf. Schuhmacher sprang auf.

»Hey. Ist da jemand? Was soll das?« Er lauschte. Als er erneut vor sich hin fluchte und darauf pochte, irgendjemand solle sich zeigen, erschrak er erneut.

Eine Stimme durchdrang den ganzen Raum.

»Fürchte dich nicht. Du bist in Sicherheit.«

Franz konnte sich kaum beruhigen: »In Sicherheit? Es wird Zeit für ein paar Erklärungen oder nicht?

Was soll die Scheiße mit dem Clown? Wie macht ihr das und warum?«

Die Stimme ertönte erneut: »Erinnerst du dich, als du damals von einer ehemaligen Arbeitskollegin dazu überredet wurdest, an einer Hypnose-Show in einer Stuttgarter Diskothek teilzunehmen?«
Franz schaute verdattert drein. Sicher, er erinnerte sich, und nun?

»Wir haben dir, nachdem du an der Show teilgenommen hast, etwas später auf der Toilette, diese Erinnerung eingepflanzt. Nicht die feine Art, das wissen wir, aber damit haben wir dich dazu gebracht, hierher zu kommen. Und schlussendlich dein Leben damit gerettet.«
Franz fing dermaßen laut an, wie wild geworden, zu lachen, als würde er den Verstand verlieren.

»Das Leben gerettet? Ich breche gleich zusammen. Was soll die Scheiße?« Er lauschte. Er hob die Augenbrauen und brachte seinen irren Lachkrampf wieder unter Kontrolle.
Plötzlich begann sich der Geruch in der Grotte zu verändern. Schuhmacher musste unwillkürlich an einen Weihnachtsmarkt denken. An Lebkuchen, Zuckerwatte und Plätzchen, an Zimt und Vanille. Während ihm etwas schwindelig wurde, meinte er

eine leichte Vibration verspüren zu können. Er kniff die Augen zusammen und betrachtete die Wände. Es schienen, wie von Geisterhand geschrieben, immer wieder goldene Lettern aufzutauchen, um wieder zu verschwinden und im nächsten Augenblick an anderer Stelle zu erscheinen. Benommen sank er auf die Knie.

»Was geht hier nur vor?«, flüsterte er. Die Augen inzwischen geschlossen und die Handflächen auf den glatten Boden gedrückt wartete er ab. Erstaunt musste er feststellen, dass wohltuende Klänge den Raum vereinnahmten. Fast zeitgleich spürte er eine Hand auf seiner Schulter. Er riss die Augen auf und drehte ruckartig seinen Kopf und den Oberkörper nach hinten. Dieser Mann kam ihm seltsam bekannt vor. Nur der Blick dieses Geschöpfs irritierte ihn dermaßen, dass er nicht gleich jene Verbindung erkannte, die irgendwo in seinem Hinterkopf verankert zu sein schien. Diese wunderschönen saphirblauen Augen schienen bis zu seiner Seele hindurchschauen zu können.

»Wir sind und schon mal begegnet oder irre ich mich?«, fragte Franz zaghaft mit leiser Stimme.

»Sicher, wie gesagt: In Stuttgart. Ich habe dich damals hypnotisiert. Du warst einer der

Bühnengäste. Nachdem du dich nicht sofort als Freiwilliger gemeldet hast, musste ich etwas nachhelfen und dich direkt fragen, ob du nicht auch Lust hättest, teilzunehmen. Lange Rede kurzer Sinn: Als ich dich letztendlich in Trance versetzt hatte, war es nicht schwierig, später auf der Toilette ohne Augenzeugen den Harlekin einzupflanzen.«

Schuhmacher schaute den sonderbaren Typen mit offenem Mund und aufgerissenen Augen an. Nach dem ersten Schock fing er sich aber doch und hakte nach.

»Ich erinnere mich tatsächlich wieder an dich, aber deine Augen?«

»Ach die?! Das ist nicht schwer. Einfache farbige Kontaktlinsen, die man unter anderem zum Karneval benutzt. Sehr hilfreich für uns, wenn wir uns unter euch bewegen und nicht allzu sehr auffallen wollen.«

Franz schüttelte seinen Kopf, als wolle er das alles nicht recht wahrhaben wollen.

»Aber nach einer Bühnenshow wird man doch zu guter Letzt wieder ins hier und jetzt versetzt, indem der Hypnotiseur rückwärts zählt... oder so ähnlich.«

»Sicher, aber nicht in deinem Fall. Es waren ja genügend andere Freiwillige beteiligt und da ich jene in rasend schnellem Tempo wieder zu klarem Verstand kommen ließ und das Publikum sowieso noch erstaunt war, fiel es niemandem wirklich auf, dass ich dich in Trance behielt. Nachdem also auf dem WC alles erledigt war, konnte ich bis auf den Harlekin deinen Zustand wiederherstellen.«
Erneut setzte bei Schuhmacher das Kopfschütteln ein.

»Wozu das Ganze? Und was hat es mit meinem Traum auf sich? Wie konntet ihr denn wissen, was ich, wann träumen werde?«
Lächelnd erklärte ihm der hochgewachsene Mann mit sanfter Stimme, man hätte parallel zur Show einen von Ihnen in Schuhmachers Wohnung geschickt, da man ja wusste, dass niemand dort anzutreffen sein würde. Habe an verschieden Stellen kleine Kameras und Lautsprecher installiert und zum gewünschten Zeitpunkt durch einen hypnotischen Befehl sein Traumleben beeinflusst.
Franz hob angesäuert seine Hände und legte seinen Kopf in selbige. Eine Mischung aus Wut und Bewunderung breitete sich in ihm aus. Nun wollte er unbedingt Klarheit. Inzwischen stand er dem

236

Fremden gegenüber. Zu ihm aufschauend forderte er einen absolut wasserfesten Beweis dafür, dass man ihn nicht zum Idioten machen wollte. Der Andere nickte nur und hob eine Hand, als plötzlich drei weitere Personen mit denselben seltsamen Augen langsam herantraten.

»Hebe bitte deine Hände«, forderte ihn der Wortführer auf, indem er mit sanfter Führung nachhalf, jene in die richtige Position zu bringen. Wortlos bildeten die anderen, indem sie jeweils mit ihren kleinen Fingern die des Nachbarn berührten, einen fünfzackigen Stern. Sobald der Letzte die Verbindung geschlossen hatte, zuckte Franz kurz zusammen und erstaunt sah er sich in bekannter Umgebung, als wäre er nicht mehr in der Grotte, sondern ohne Zeitverlust in Stuttgart. Er sah sich an eine orangenfarbige Mülltonne lehnen. Er sah auch eine Schnapsflasche in seiner Hand. Überraschenderweise erkannte er plötzlich auf der anderen Straßenseite Stipe, welcher im Begriff war, ohne auf den Verkehr zu achten, sich auf die gegenüberliegende Straßenseite zu begeben. Das Motorengeräusch eines schnell heranrasenden Autos erregte Franz´s Aufmerksamkeit.

Reifenquietschen. Scheinwerferlicht, das ihn plötzlich blendete. Ein dumpfer Knall. Das Nächste, was er sah, war ein hektisches Treiben um ihn herum. Er betrachtete den Sternenhimmel. Das Blaulicht des Rettungsdienstfahrzeugs verfärbte die Szenerie auf absurde Weise. Müdigkeit überkam ihn. Doch auf einen Schlag realisierte er, dass er sich noch immer in der Grotte befand. Die Wesen, die eigentlich wie Menschen aussahen, aber wie Menschen von einem unbekannten Ort, hatten die Verbindung gekappt. Irritiert schaute Franz ihnen hinterher. Ohne Eile begaben sie sich in Richtung Rundbogen, der die Grotte mit einer anderen Welt zu verbinden schien. Schuhmacher forderte sie zum Stehenbleiben auf, rief ihnen hinterher, sie würden ihm noch weitere Antworten schuldig sein. Doch all sein Toben bewirkte nichts. In seiner Verwirrung drehte er sich um die eigene Achse, um nachzuschauen, ob er möglicherweise etwas oder jemanden übersehen hätte. In seiner Ausgangsposition angekommen, musste er verblüfft feststellen, dass die Wand, in deren Durchgang soeben noch die Wesen verschwunden waren, plötzlich wieder verschlossen war. Panisch schrie er durch den Raum.

Ein letztes: »Hört mich jemand?«

Er wartete auf eine Antwort. Doch auch nach erneutem Nachfragen blieb es still. Sauer darüber stampfte er durch den Raum. Am Rande des Beckens stehend, welches sich in der Mitte des Kreisrundes befand, krächzte ihn erneut der Harlekin an. Aus dem Nichts auftauchend erschreckte er Schumacher dermaßen, dass dieser den Halt verlor und über die Kante des Beckens stolperte. Die Arme durch die Luft rudernd, platschte er ins Wasser, welches sich sofort in einen schäumenden Wirbel verwandelte und Franz zur Orientierungslosigkeit verbannte. Kurz darauf tauchte er in der Grotte wieder auf, als wäre das soeben Erlebte ein Hirngespinst gewesen. Der alte Ivo und McGregor hielten ihn fest und redeten beruhigend auf ihn ein. Nachdem er seine Worte wieder fand, brüllte er lautstark drauf los.

Er wollte ohne eine Antwort abzuwarten von jedem Einzelnen wissen, was er erlebt hatte. Doch bevor die Erfahrungen ausgetauscht werden konnten, tauchten unverhofft zwei weitere Personen aus dem Wasser auf. Das Meer war nun wie bei ihrer Ankunft in der Grotte reglos und durchsichtig. Bevor man die Situation überhaupt richtig einschätzen konnte, schrie Pierre einen der Neuankömmlinge auf Französisch an. Einen Wimpernschlag später verkeilten sich drei Menschen ineinander und trugen einen heftigen Kampf aus. Zweifelsohne ging es hier um Leben und Tod. Stipe erkannte als Erster die Gefahr. Der Glatzkopf war aufgetaucht. Susi erkannte kurz darauf den bärtigen Entführer. Doch bevor irgendjemand fähig gewesen wäre, Pierre auf irgendeine Art und Weise zur Hilfe zu kommen, hielt ihm das Muskelpaket eine Waffe an die Schläfe, während der Bärtige den Franzosen von hinten im Würgegriff festhielt. Pierre keuchte gerade hörbar vor sich hin, dass die beiden einen Riesenfehler begehen würden, doch der Würgegriff schnürte ihm die Luft ab, sodass er keinen Ton mehr herausbekam. Murdoch grinste.

»Na, wo sind die Schöpfer, Pierre? Siehst du Scott, keine Götter, die sich uns entgegenstellen.«
Stipe konnte sich nicht zurückhalten. Obwohl er mit dem Schlimmsten rechnen musste, nahm er all seinen Mut zusammen und brüllte dem Glatzkopf entgegen, er solle die Waffe senken und sie alle gehen lassen. Er erntete Gelächter.

»Dich habe ich nun doch mehrmals deutlich gewarnt, aber du wolltest ja nicht hören. Schau dir nun an, was du wegen deines Dickkopfes verursacht hast. Möchtest du noch ein paar Worte sprechen, bevor ich deinem Kumpel hier das Gehirn wegblase?«

Der alte Ivo meldete sich zu Wort.

»Gibt es eine Möglichkeit, das Desaster hier friedlich zu beenden?« Ivos Kopf ragte gerade so über den Wasserrand, während er sich Zentimeter um Zentimeter herantastete.

»Nun, da ich damit rechnen muss, dass ich erheblichen Ärger bekommen werde, wenn ich zu den meinen zurückkehre, weil ihr unsere Pläne versaut habt, sehe ich nur eine Möglichkeit, die Sache ohne Blutvergießen zu beenden.«

Murdoch befand sich nur noch eine Armlänge von dem alten Kroaten entfernt. Auch Scott spitzte die Ohren. Er schien nicht begeistert davon zu sein, Pierre etwas anzutun, aber lieber Pierre als er. McGregor, welcher sich zur Linken Murdochs in einigem Abstand befand, warf die Frage ein, um welche Möglichkeit es sich handele.

»Pierre lässt sich von mir freiwillig festnehmen und kommt mit mir zurück in unsere Dimension.«

Ivo nicht mehr beachtend, war das Erstaunen umso größer als der kleine Mann, den er sichtlich unterschätzt hatte, ihm ein Messer in die Niere stach. Schmerzerfüllt ließ er einen lauten Schrei los. Fluchs wie eine Raubkatze schlug Ivo ihm die Waffe aus der Hand, welche platschend im Wasser unterging. Scott war dermaßen überrascht, dass er unbewusst den Würgegriff lockerte. Pierre drehte sich geübt herum und tunkte den Bärtigen unter Wasser. Susi verbarg den Blick auf das Chaos, indem sie sich mit geschlossenen Augen an Stipes Brust stürzte. Schuhmacher urinierte aus Versehen in die Hose. Als Murdoch noch einmal kurz auftauchte, war das Letzte, was er erblickte, die großen Hände des alten Ivo. Kurz darauf knackste es, als würde man einen trockenen Ast zertreten. Der Kroate musste wer weiß wo in den letzten Kriegen gedient haben. Denn der Genickbruch des Dimensionsspringers wurde auf routinierte Art und Weise verbracht. Als das Blubbern des nach Atemluft schnappenden Scott versiegte, herrschte eine furchteinflößende Stille vor. Ivo riss als Erster seine Begleitschaft aus der Schockstarre: »Wir sollten stillschweigen vereinbaren, zu unser aller Schutz.«

Ohne weitere Worte zu wechseln, nickte man sich zu. Diese Tour nahm ein bedrückendes Ende und doch war ein jeder froh darüber, dass sie diejenigen waren, die noch am Leben waren. Es war Zeit, die Blaue Grotte zu verlassen. Erst jetzt bemerkte man, dass der Wasserpegel sich gesenkt hatte. Die Bura schien sich aus unerklärlichen Gründen einen anderen Termin ausgesucht zu haben. Der Eingang zur Blauen Grotte konnte nun durchschwommen werden. Tauchen war nicht mehr vonnöten.

30

Der vierzehnjährige Shane blickte hinaus auf das Meer. Durch das Fernglas visierte er ein Boot an, welches sich langsam dem Ufer näherte. Leise zählte er die Personen durch. Alle fünf waren scheinbar wohlauf. Er bewunderte seinen Vater für dessen Weitsicht. Eines Tages würde er, Shane, die Nachfolge antreten und dem Hohen Rat angehören. Doch noch hatte er viel zu lernen. Er ließ den Feldstecher an dem Gummiriemen vor der Brust baumeln.

»Meinst Du Murdoch, Scott und Ramona sind tot?«, fragte er ohne erkennbares Mitleid.

Shanes Vater strich sich über die drei waagerechten, knapp übereinanderliegenden Narben an der linken Schläfe. Dieses Brandzeichen war eine Art Auszeichnung. Jeder Erleuchtete bekam jeweils eine Markierung kurz nach der Geburt als Zeichen dafür, dass er zur Oberschicht gehöre. Das Zweite bekam er nach erfolgreicher Reifeprüfung, welche seinem Sohn bald bevorstehen würde. Jahrelang wurden die Kinder der Erleuchteten darauf vorbereitet. Dieser Aufenthalt hier in dieser Dimension und die Umsetzung des Planes,

die Schritte der zukünftigen Eltern des noch ungeborenen Kindes zu beobachten, um in Zukunft auf jede Eventualität vorbereitet zu sein, war ein Teil der Schulung. Wie man sich Schädlingen der Neuen Weltordnung entledigt, ohne großes Aufsehen zu erregen, durfte sein Ältester vor Ort miterleben. Die dritte Narbe kam hinzu, wenn man in den Hohen Rat gewählt wurde.

»Das sind sie mein Sohn. Wir wussten durch die angelegten Psychoprofile, dass Murdoch ein hitziger Anführer ist, welcher seine Aggression nicht allzu lang unter Kontrolle halten kann. Da

uns Ramona schon länger durch ihre Fragen aufgefallen ist, ließen wir es erst gar nicht soweit kommen, dass sie in unserer Welt Aufruhr stiften kann. Unter dem Vorwand dieser Mission war es abzusehen, dass sie und Murdoch aneinandergeraten werden würden.«
Shane nickte zum Zeichen des Verständnisses.

»Und die Vermutung hat sich bestätigt, dass der alte ehemalige Fremdenlegionär, in Verbindung mit dem abtrünnigen Pierre dafür sorgen würden, dass Murdoch nie wieder zurückkehrt. Und somit haben wir erneut einen Ranghohen, der die Hoffnung hatte eines Tages in den Hohen Rat zu kommen, schachmatt gesetzt. Scott war für uns uninteressant. Doch ohne Murdochs Daten, der sich auftuenden Dim-Felder, wäre er für immer hier gestrandet«, schlussfolgerte der Junge.
Stolz strich ihm sein Vater über die noch einsame Narbe an der Schläfe.

»Du hast dich gut entwickelt. Dein Großvater wird feststellen können, dass du ein würdiger Nachfolger unserer Dynastie sein wirst.«
In weiter Ferne erblickten sie eine Feuerkugel, welche hinabzugleiten schien. Shane deutete ohne größere Verwunderung in die Richtung der

glühenden Masse. Nachdem sie im Meer versank, stellte ihm sein Vater eine letzte Frage.

»Was haben wir soeben beobachtet?«
Ohne einen Augenblick zu zögern, erwiderte der Nachkomme: »Ein Wetterphänomen, das in dieser Form immer dann auftaucht, wenn jemand ein künstlich konstruiertes Dimensionsfeld auslöst.«

31

Eine kühle, aber angenehme Brise blies sanft durch die dunklen Gassen Lubenices. In der Konoba brannten die Holzscheite knisternd vor sich hin. Heute Abend genoss jeder mehrere Becher des einheimischen Weines. Selbst Maria, Ivos Frau, saß mit an dem großen Tisch und stieß mit ihnen an. Erstaunlicherweise kritisierte sie ihn diesmal nicht, als er von den Engeln sprach. Man tauschte sich aus. Wer hatte was erlebt? Stipe schaute McGregor an: »Ian, wo wart ihr, du und Ivo eigentlich, als wir in der Grotte ankamen?«

McGregor hob verwirrt die Augenbrauen. Scheinbar irritierte ihn die Frage etwas. Ivo schien gelassen zu sein.

»Ich verstehe nicht. Wir waren doch da. Du hast uns doch gesehen, als du aufgetaucht bist. Du und Susi und kurz danach Franz.«
Ivo grinste, als würde er etwas wissen, von dem McGregor nichts ahnte. Als Susi und Stipe ihre Erlebnisse schilderten, ernteten sie staunende Blicke. Doch nur von Schuhmacher und dem Schotten. Ivo und Maria kicherten leise vor sich hin. Als schlussendlich Franz seine Erlebnisse schilderte, kamen alle zu der Einsicht, dass wohl jeder etwas Seltsames erlebt hatte. Aber das individuell Erlebte, ließ Platz für Spekulationen. Was geschah da unten in der Grotte wirklich? Susi war sich gewiss: Diese Wesen, waren nicht von dieser Welt! Diese Wesen versprühten auf mystische Art und Weise Liebe und waren an ihrem Wohlergehen interessiert. Waren es wirklich die Schöpfer der menschlichen Rasse auf dem Planeten Erde? Wer weiß. Vielleicht würden sie ja mehr verstehen, sollte es in ein paar Jahren wirklich erneut zu einer Begegnung kommen.

Nachdem noch einige Theorien ausgetauscht und noch einige Becher Wein getrunken worden waren, gesellte man sich zu Bett. In dieser Nacht jedoch schlief Susi nicht allein. Sie teilte sich das Bett mit ihrer Jugendliebe Stipe.

Sie genossen diese Nacht sehr. Am nächsten Morgen war es Susanne etwas übel, sie verspürte leichten Brechreiz, doch war dies kein Wunder, da sie normalerweise kaum Alkohol trank. Doch als auch die nächsten Tage, zuhause in Leonberg der Brechreiz sich immer wieder mal bemerkbar machte, glaubte sie zu wissen, dass es wohl nicht am Wein lag.

Die Strapazen der letzten Tage hatten ihr eindeutig auf den Magen geschlagen, dies war ihr durchaus bewusst, dennoch musste sie über sich selbst lachen, als sie es mit einer eventuellen Schwangerschaftsübelkeit in Verbindung brachte. Und doch war es ein angenehmer Gedanke. Vor allem da sie täglich so viel Zeit wie nur möglich mit Stipe verbrachte. Doch was war dran an der Prophezeiung? Sie musste sich eingestehen, dass sich ihre Anschauung auf das, was möglich sei, drastisch geändert hatte. Aber je weiter das Erlebte in die Ferne rückte, desto mehr verblasste die

Erinnerung daran und manchmal ertappte sie sich dabei, wie in ihr Zweifel aufkamen bezüglich der Geschehnisse. Doch Stipes Rückschau und Ian's Erinnerungen, mit dem sie per E-Mail und Telefon regelmäßig Kontakt hielt, bezeugten immer wieder aufs Neue, dass sie ein erstaunliches Erlebnis miteinander geteilt hatten. Wochen und Monate vergingen. Als nach ungefähr einem Jahr alles, nur noch, wie ein Traum erschien, hielt Stipe um ihre Hand an. Und als Susi ein weiteres Jahr später sanft über ihren Babybauch strich, waren plötzlich alle Bilder wieder vor dem geistigen Auge sichtbar. Stipe ihr Ehemann, würde der Vater ihres Kindes sein.

ENDE

Danksagung

Ein großer Dank geht an meine Leser/innen, für ihr Vertrauen, dass sie mir künftig zur Seite stehen, und weiterhin gefallen an meinen Werken haben werden.

Ich hoffe, ich konnte Ihnen eine schöne Zeit bescheren und freue mich darauf, Ihre Kommentare auf einem meiner sozialen Kanäle zu lesen. Vielleicht nehmen Sie sich ja sogar die Zeit und schreiben eine kurze Rezension?

Herzlichst

Ihr John D. Sikavica

Protokoll 7 - die Gläubigen des Schöpfermythos

Dieser eigenständige postapokalyptische Science-Fiction-Thriller-Thriller, stellt das Pendant zu Phase 7 - der Schöpfermythos dar.

John D. Sikavica
Taschenbuch: 212 Seiten
ISBN: 978-3750440456